Coordinador de la colección: Daniel Goldin
Diseño: Joaquín Sierra, sobre una maqueta original
de Juan Arroyo
Diseño de portada: Joaquín Sierra
Dirección artística: Mauricio Gómez Morín

A la orilla del viento...

GATO

Primera edición en inglés: 1991
Primera edición en español: 1994
Cuarta reimpresión: 2002

Título original: *Marsh Cat*

ISBN 0-02-770120-4

D.R. © 1994, Fondo de Cultura Económica, S.A. de C.V.
D.R. © 1995, Fondo de Cultura Económica
Av. Picacho Ajusco 227; México, 14200, D.F.
www.fce.com.mx

ISBN 968-16-4464-6

Impreso en México

PETER PARNALL

Para mi pequeña Tracy

ilustraciones de
Luis Fernando Enríquez

traducción de
Paloma Villegas

SALVAJE

FONDO DE CULTURA
ECONÓMICA

Prólogo

❖ EN EL aire quieto y frágil de un amanecer de principios de noviembre, un cuervo gritó y su grito rompió el vacío de la noche helada que tenía a los habitantes del gran pantano oscuro esperando, sin aliento, la salida del sol. Ellos no podían verlo llegar, pero Cuervo sí lo veía. Era uno de los primeros en ver iluminarse el cielo, porque dormía en lo alto de un espeso pinar situado a la mitad de la ladera sureste, mucho más arriba que Castor y Visón y Nutria. Desde ahí lo veía completo: todo el Pantano del Arroyo de los Castores.

Cuervo fue el primero en bañarse con ansia en los débiles rayos que parpadeaban a través de su árbol. Se alejó un poco más del tronco, hacia las ramas exteriores que empezaban a murmurar conforme les llegaba el aire entibiado. Cada mañana los vientos refrescaban el pantano, a veces con suavidad, a veces con fuerza suficiente para cambiar la faz de la Tierra, derribando grandes árboles, arrasando las guaridas de los zorros planeadas con tanto cuidado, y lanzando al suelo los nidos de las ardillas. En ocasiones enviaban a Cuervo y a su amiga a kilómetros de distancia sin pedirles permiso. Cuervo prefería las mañanas tranquilas.

Desde su percha levemente oscilante podía ver el pantano en toda su extensión, aun encerrado en su armadura nocturna de frío y silencio. Su mundo empezaba a colorearse conforme la luz aumentaba. Las ramas a su alrededor tomaban una tonalidad gris verdosa y, antes de que el sol tocara siquiera las copas de los árboles muertos que había en el corazón del pantano, su pino se había tornado de un verde brillante.

Mucho más abajo, más allá de la serpeante presa del castor que era la que había creado el pantano, había cientos de árboles de madera dura: la inundación provocada por el castor los había matado. Desde su percha, Cuervo podía ver cómo su follaje gris empezaba a iluminarse conforme los dedos del sol hurgaban más y más adentro, en las profundidades del bosque ahogado. Convertían lentamente las oscuras sombras en un mundo centelleante y alfombrado de escarcha, de rieles de hielo y hojas de hierba quebradizas como el cristal. El musgo y los líquenes se cubrían de un brillante barniz congelado, y el respiradero superior de la casa de los castores estaba rodeado de grandes cristales cintilantes, formados por el hálito de la familia que habitaba adentro.

En lo más profundo del tronco hueco de una haya gigantesca, un viejo gato se despertó lentamente; el chasquido de una rama podrida, demasiado cargada de hielo para continuar pegada a su árbol, había penetrado en su subconsciente y lo había sobresaltado. Sus bigotes vibraban con cada nuevo sonido que producía el pantano en torno a él al volver a la vida. Escuchaba el viento. Escuchaba la cháchara de un cuervo lejano que aleccionaba al resto de los asistentes a la reunión de consejo, en la copa de un árbol. Y escuchaba acelerarse el pulso de los grandes bosques de Maine conforme sus habitantes se despertaban, se levantaban y entraban en sus mundos cotidianos. Para algunos, este día constituiría todo el mundo que llegarían a conocer. ❖

Capítulo uno

❖ GATO, hijo de una madre tan salvaje como cualquier tigre de Siberia, había nacido allí, en esa haya hueca, hacía ya muchos años. Ese día nacieron también sus hermanos y una hermana, pero con los años no pudieron adaptarse a las rígidas reglas de la naturaleza, y uno por uno habían caído presa de su falta de astucia. No estaba en ellos la chispa adicional que permite a uno sobrevivir y a otro no. La madre de Gato había sido una gata de granero. Una gata de granero pequeña, negra y asustadiza. Había llegado hasta ahí desde otro lugar, buscando un hogar a salvo de cualquier amenaza, a salvo del frío.

En algún momento del viaje un coche la arrolló o tal vez participó en alguna batalla desigual, porque llegó al granero con un ojo lastimado, que con el tiempo empeoró hasta que perdió la vista.

La noche que eligió para aparecer era una noche de enero, con un frío de treinta bajo cero que forzó a los habitantes del granero a acurrucarse juntos y a respirar apenas, con inspiraciones cortas. Muchos gatos residían allí... algunos venidos de otros lugares, otros nacidos allí, amarillos, negros, grises. Cuando la gata trepó indecisa a lo alto del pajar, se le quedaron mirando en silencio.

Ella no emitió sonido alguno.

Durante muchos minutos sus músculos siguieron tensos, listos para huir al instante si alguno hacía un gesto agresivo. Pero nadie lo hizo. Ni un gesto. Ni un sonido. Avanzó poco a poco; cada movimiento era casi imperceptible de tan lento. Alentada por la serenidad de los demás gatos, se abrió gradualmente camino entre ellos y compartió su calor; se arrellanó entre dos grandes y peludos hornos y allí pasó el resto de la noche. Si no hubiera encontrado ese granero en particular a esa hora precisa, no habría llegado a ver otra vez el sol.

Todo marchó bien para la gata durante las primeras semanas. Se alimentaba de la comida de los gatos del granero, que aparecía en unos platos anaranjados, y de vez en cuando algún ratón constituía un manjar especial. Parecía adaptarse al orden de las cosas. En ninguna parte se había adaptado hasta entonces. Gata contenta. Gata satisfecha. Gata tibia, tomando el sol sobre el piso de madera.

Una mañana chocó con el canto de la gran puerta del granero. Confundida, saltó hacia un lado, lejos del daño; perdió pie en la rampa de entrada y se agazapó, tomando su cabeza una actitud forzada. Incapaz de recuperar el equilibrio y asustada, temerosa de moverse, se sintió sola de nuevo. Su ojo herido, ciego ahora, ya no le permitía medir bien las distancias. Ya nunca más podría dar un salto preciso para cazar o para jugar con una hoja seca arrastrada por el viento. Poco a poco se volvió tan torpe como las personas y los perros. Se refugió en la seguridad de ser la última. La última en comer, la última en beber, la última en arrastrarse a cualquier huequito para dormir; el que quedaba cuando los otros gatos ya habían elegido los lugares más calientes y mejores.

Siempre que trataba de robarse un bocado de comida antes que los otros hubieran acabado recibía un golpe en su lado ciego, que a veces era una cortada profunda. Su cabeza se inclinó todavía más. Eso no pasaba desapercibido. Ella era diferente.

Era diferente: estaba medio ciega y para colmo estaba preñada.

La gata descubrió un pequeño agujero que conducía al lado oscuro del granero, donde antes hubo un establo de bueyes, y lo utilizó como refugio, pues ninguno de los demás gatos podía pasar por la abertura para seguir con lo que ahora se había convertido en el juego de atormentarla. Funcionó durante un tiempo. Ya tarde en la noche, cuando todos los demás se habían retirado al pajar, se deslizaba afuera del agujero y buscaba algunas sobras. Unos restos olvidados de comida. Pero ahora, cargada de gatitos, ya no cabía por la abertura.

Nada de agujero: nada de comida.

A la gata no le asustaban los recuerdos de su vida anterior al granero. Ahora todo lo que conocía era el miedo a los gatos, el miedo al hambre y la urgencia desconocida de encontrar una madriguera sólo para ella. Esa necesidad no era algo que hubiera aprendido, pues todos los animales salvajes la sienten en el momento adecuado, sean petirrojos, ratones u osos polares. Una noche, ya tarde, se deslizó a través de un hueco en la pared de piedra que sostenía el muro posterior del granero, y en cuanto su ojo bueno volteó para ver salir la luna nueva, se convirtió en la criatura más salvaje que pueda existir.

La gata volvía a alejarse. Emprendió su camino en la oscuridad, más allá de las familiares matas de ruibarbo que había atrás del granero, pasó bajo densos arbustos de frambuesas, y descendió lentamente la colina; su vientre hinchado rozaba de vez en cuando alguna rama caída cuando no medía bien su altura sobre el suelo.

Conforme seguía bajando por la pendiente en cuya cima se hallaba el granero, el terreno se hacía más húmedo y tuvo que pisar con más cuidado. Más silenciosamente.

Rana Leopardo no la oyó llegar. Estaba dedicada a llenarse la panza de mosquitos. Esperaba bajo un grupo de helechos justo donde el suelo húmedo se convertía en pantano, tan cerca del agua como para cazar a los insectos cuando emergían volando después de su estado larval. Rana había cazado aquí muchas noches. Era su lugar.

Ahora la gata estaba lo bastante cerca para olerla... para alcanzarla. Levantó lentamente la zarpa y miró con su ojo bueno. No se le movía ni un pelo del bigote. En el instante preciso en que la rana disparó su lengua para atrapar otro mosquito, la zarpa cayó sobre ella, cinco garras desesperadas por conseguir alimento. La gata había medido mal la distancia, claro, pero una uña alcanzó la pata trasera en el momento en que la rana saltaba instintivamente hacia el agua y la libertad. ¡La tenía! Su otra pata se disparó hacia adelante para ayudar a la primera y ¡la atrapó! ¡La atrapó! Era su primera presa viva desde que había perdido el ojo y, mientras comía despacio, empezó a relajarse. De algún modo, se sintió completa de nuevo. Gata terminó su comida y, mientras la luna seguía ascendiendo sobre el lejano pantano, empezó su viaje hacia él, hacia lo salvaje que habita en el corazón de todo gato.

Se abrió camino a través de bosques de abetos, rodeó las charcas que se le cruzaban, en busca de una madriguera adecuada. Una haya con el tronco podrido la satisfizo, una haya vieja que se encontraba demasiado cerca de la inundación provocada por el castor y no había podido sobrevivir. Llevaba doscientos años creciendo cuando vino Castor e inundó hectáreas de bosques de tierra baja y ahogó las raíces de los árboles hasta que de ellos sólo quedaron palos desnudos y esqueletos. La haya estaba en un terreno apenas más elevado que los demás árboles, a sólo unos tres metros por encima de la orilla del agua, pero sus raíces eran largas. Lo bastante largas para llegar más allá de la línea del agua. Eso fue una suerte para la gata. El árbol todavía resistió años después de que el Castor construyera su presa, pero al fin murió; se volvió frágil, y durante una fuerte tormenta del Noreste el viento hizo su labor. El viejo árbol se partió en dos, quedando al descubierto su centro y empezó a pudrirse. Gracias a eso Búho Cuernilargo tuvo su primera casa: un nido construido en el corazón enfermo, en el preciso lugar donde el tronco se había desgajado. La podredumbre fue avanzando. Mapache fue el siguiente inquilino que vino a instalarse confortablemente en la vieja haya. Su hogar estaba más abajo que el de Búho, dentro del tronco. Pájaro Carpintero hizo varias casas a lo largo de los años y, conforme el agua entraba por sus agujeros, el árbol se deterioró más y se hizo más hueco. Finalmente, la podredumbre alcanzó el suelo y salió cerca de una gran raíz retorcida. Visón hizo su madriguera allí durante un año o dos. Ahora el árbol le pertenecía a una gata tuerta.

Los días que siguieron fueron calurosos y la caza fácil. Una semana después nacieron cuatro gatitos dentro del árbol, cuatro gatitos negros de tamaño regular. Pasaban las noches a salvo en el tronco hueco, porque Búho Cuernilargo, Marta, Coyote y Zorro andaban de cacería, y cualquiera de ellos

tendría una presa fácil en la gata tuerta. En la vaga sombra de los abetos y los helechos, mamá gata atrapaba sobre todo ranas. También traía a casa de vez en cuando alguna culebra o un ratón incauto, y tres de los gatitos crecían.

El otro crecía más.

Pasaron los dos años siguientes a la manera normal de los gatos, cazando y durmiendo todo el día. Y sobreviviendo, eludiendo los peligros que siempre esperan a los poco sagaces, a los poco hábiles.

Tres de los gatitos salieron a su madre en la apariencia: eran simples gatos negros, entre medianos y chicos, de unos tres kilos. El cuarto adquirió una talla enorme. Algún gene lejano se había filtrado hasta él desde un ancestro muy remoto: un ancestro que vivió en una era más salvaje, cuando el tamaño y la fuerza eran requisitos para la vida. A diferencia de los otros dormía de día, y de noche merodeaba por la ciénaga y por el bosque. Saboreaba las ranas que la vieja Tuerta traía, pero prefería comer ardilla, liebre, urogallo o ratón, y a menudo regresaba a la madriguera con comida suficiente para todos.

Sus hermanos y su hermana trataron de cazar de noche, con la esperanza de atrapar por sí mismos algo que no fuera rana o culebra. Unas cuantas veces volvieron con una presa más suculenta. De día, Tuerta cazaba ranas.

Durante el año siguiente, el tercero que pasaban en el pantano, los tres gatitos se aventuraron cada vez más lejos, confiados en sus capacidades. Uno por uno, no volvieron. Uno por uno se encontraron con Marta o con Búho.

A la vieja mamá gata le parecía muy bien dejar que su enorme hijo se encargara ahora de cazar, porque él regresaba temprano cada mañana con mucho más de lo que ella necesitaba. Mucho más. ¡Y lo que ofrecía era más sabroso que las ranas! A pesar de la abundancia de alimento que él dejaba a sus pies, la salud de Tuerta empezó a declinar y enflacó mucho. Le dolían las articulaciones y, este invierno, el frío le perforaba los huesos.

Desde su primer invierno el gato grande había sido el principal proveedor de comida de la familia, porque cuando las ranas y las culebras iniciaban su sueño invernal, Tuerta ya no podía conseguir nada. El gato joven aprendió muy pronto dónde podían esconderse las liebres, y a cazar los pájaros que se posaban en ramas demasiado bajas. Aprendió a escuchar. Podía pasarse horas sentado en lo alto de la colina que dominaba el pantano, esperando cerca del manzano silvestre. Esperaba, escuchaba con atención para captar el momento en que Ratón se escurría por su estrecho túnel de nieve, decidido a darse un atracón de corteza de manzano. El gato esperaba, escuchaba y aprendía... y crecía. A los cuatro años de edad tenía un tamaño tal que ya no tenía que temer a ningún predador más pequeño que Coyote. Hasta para un coyote solitario habría sido una tontería atacar a este gato.

Una noche de invierno, ya tarde, cuando avanzaba trabajosamente por la nieve pulverizada tras una exitosa cacería de Liebre, arrastrando al gran conejo blanco entre sus patas delanteras, sintió un golpe en el lomo, sin ruido ni advertencia, justo detrás del cuarto delantero. Al instante un dolor quemante le recorrió el cuerpo, obligándolo a soltar la liebre y a lanzar un gruñido. Se agazapó bien encogido sobre la liebre, con las orejas gachas, y sus ojos buscaron en la oscuridad el origen de su herida. Los abetos recortaban su contorno negro contra el oscuro cielo nocturno, y allí entre ellos estaba una figura fuera de lugar. Una figura gorda... ¡Y se movía!

En el preciso momento en que su cerebro gatuno registró el dato, Búho Cuernilargo acometió de nuevo. Para él los gatos eran comida, pero esta vez había subestimado el tamaño. El búho se abalanzó en silencio sobre Gato. Cuando llegó hasta él, el gato se alzó sobre sus patas traseras. Con destreza agarró al gran pájaro entre sus enormes zarpas y lo arrastró sobre la nieve. Las garras del búho eran suficientemente largas como para dar un golpe mortal, pero estaba en mala postura y, mientras trataba frenéticamente de ponerlas en acción, el gato lo mordió fuerte en el pecho rompiéndole el esternón y las costillas. Murió al instante.

La liebre, olvidada por el momento, yacía medio oculta en la nieve enrojecida mientras Gato arrancaba bocados de plumas del pecho del búho, sacudiendo la cabeza de vez en cuando para limpiarse la cara de las plumas pegajosas y la pelusa. Comió pecho de búho. Él no tenía manera de saberlo, pero con probabilidad era uno de los poquísimos gatos que alguna vez habían hecho eso.

Cuando su apetito quedó satisfecho levantó la liebre y siguió avanzando hasta su madriguera a través de la espesa nieve, adonde lo esperaba Tuerta, para un largo sueño de noche invernal.

Cuando llegó, ella no estaba.

Desconcertado, Gato dejó la liebre en la madriguera y buscó alguna señal en los alrededores del árbol. En la parte de atrás había un rastro indeciso sobre la nieve. No era un rastro de pisadas, sino más bien un huella emborronada, un rastro que expresaba gran esfuerzo o gran sufrimiento. Unos pocos metros más abajo, hacia la orilla congelada del pantano, había una pila de troncos caídos: árboles que habían sido derribados en los días de tormenta. Los zorros se habían guarecido allí antes de que llegaran los gatos, y los hijos de Tuerta se habían metido en las cuevas que formaban los troncos para jugar a cosas de adultos en los días calurosos.

El extraño rastro conducía debajo de los troncos, y allí Gato encontró a Tuerta tumbada de costado, fría e inmóvil. Rozó con la nariz su oreja de terciopelo, pero no recibió respuesta. Esperó un momento, seguro de que la vería levantarse para seguirlo a casa. Nada. Ningún movimiento.

Ya no tenía hambre y estaba más que confundido; caminó sobre la desastrada huella de su madre y se deslizó trabajosamente por la entrada de la vieja haya. Gato no hizo el menor caso del gran trofeo blanco que había traído para su madre, porque ahora su herida le dolía y lo asaltó un vacío en el corazón que no podía comprender. Se sintió muy solo.

La nieve empezó a caer silenciosamente sobre el pantano, cubriendo poco a poco todos los signos de lucha y persecución y, mientras creaba lentamente un mundo nuevo y limpio, Gato se hundió en un sueño intranquilo. ❖

Capítulo dos

❖ AQUELLA fresca mañana de noviembre, mientras los cuervos discutían sus planes mañaneros en lo más hondo del Pantano del Arroyo de los Castores, había pasado casi un año desde que Gato estaba solo. Mientras se despertaba lentamente, sintió frío: una punzada fina, que incluso bien metido en su madriguera de madera, le traía la promesa de los días gélidos que se aproximaban. En verano la caza había sido fácil y en los días flojos se había conformado con comer ranas. Nunca olvidaría a Tuerta ni sus lecciones sobre Rana y Culebra. Los largos acechos y las batallas en la nieve le parecían ahora lejanos y una delgada capa de grasa se había acumulado bajo su piel.

Mientras yacía en su lecho de madera podrida, blanda como tierra de labor, por los años que llevaba sirviendo de hogar a diversas almas peludas, Gato escuchó una voz de pájaro que lo había intrigado durante mucho tiempo: un grito agudo y remoto que saludaba al sol. Cuando el viento soplaba en la dirección adecuada, cuando venía por encima de la colina situada detrás de su árbol, a través de la oscura masa de abetos que se extendía mucho más allá del pantano que era todo su mundo, Gato se maravillaba.

Gato ciertamente sabía de pájaros. Había escuchado muchas veces a Somormujo lanzar sus fantasmales silbidos a través del lago que el Arroyo del Castor alimentaba y llenaba. De pequeño, intrigado por las conversaciones y los llamados de esos grandes y graciosos nadadores, se detenía a la orilla del lago para escuchar y mirar. Cuando Somormujo llamaba, Gato abandonaba la caza de Rana y se deslizaba entre los montones de helechos, acercándose lo más posible a la orilla cenagosa del lago. Alzándose sobre sus patas delanteras, apenas si lograba ver por encima de las densas flores de agua. Solía ver somormujos: a veces uno, a veces tres o cuatro. Un año vio a dos pequeños, uno nadaba detrás de su madre y el otro viajaba sobre su espalda. También había visto a un cachorro de castor hacer eso. En sus incursiones por el pantano y alrededor del lago nunca había encontrado el nido del somormujo, lo que era una suerte para éste.

Gato conocía otras aves. Sabía qué sabroso era el gordo urogallo de cuello blanco, conocía la astucia de ese demonio de Grajo: Grajo, a quien le encantaba avisar a todos los que pudieran oírlo que Gato rondaba por ahí. Les avisaba con chillidos regañones, y seguía al gato hasta que se cansaba del juego o hasta que Gato decidía esconderse bajo un tronco o un montón de helechos y esperar a que el molesto pájaro decidiera ocuparse de otra cosa y se fuera.

Gato conocía el graznido gutural de Gran Garza Azul, y la había visto pescar junto a las flores acuáticas, acechando a los peces pequeños, las percas y las crías de robalo. Sabía de los pájaros carpinteros que buscaban las capas exteriores del árbol muerto que le servía de hogar y abrían agujeros para luego buscar con sus lenguas pegajosas las larvas dulces que vivían en la madera. Muchas mañanas lo había despertado el penetrante martilleo del pico del carpintero. Conocía a los patos, los gansos y al feroz milano gris que gobernaba el aire a lo largo del día, y desde luego conocía muy bien al viejo Búho Cuernilargo.

Pero este grito agudo que venía de más allá de los abetos seguía siendo un misterio para el gato. Era un sonido definido, un sonido dominante que no expresaba temor y simplemente decía ¡estoy aquí!, ¡estoy aquí! Muchos de los sonidos del bosque vienen de criaturas que viven atemorizadas, criaturas vacilantes para quienes el silencio y la cautela son la única fuerza, y un llamado fuerte y desafiante es raro para todos excepto para los más confiados.

Levantó la cabeza al oír ese grito distante y se quedó pensando. La vida en el pantano era todo lo que él conocía. La conocía bien. Ese sonido que entraba y salía del viento venía de fuera del húmedo y mohoso mundo que le era familiar. Era un toque de clarín que venía de lejos.

La rama que lo había despertado al romperse ahora estaba caída, con un extremo apoyado en la masa de helechos secos y dorados que crecían a la entrada de su madriguera. El sol ya llevaba algún tiempo en el cielo. Los cristales que había formado la respiración de los habitantes a la entrada de la casa de Castor habían desaparecido ya, disueltos junto con la plateada envoltura de todas las plantas del pantano. Gato se levantaba hoy muy tarde, pero la facilidad del verano le había quitado las ansias competitivas y no había prisa en él. La comodidad de la madriguera, los olores familiares de la madera que lo había albergado toda su vida y el hecho de que había comido muy bien la noche anterior, le proporcionaban un contento propio, en general, de sus primos domesticados.

Escuchó a Cuervo chacharear a distancia, oyó al viento murmurar en las cámaras superiores del tronco de árbol, y no oyó a Ardilla Roja ni a Grajo regañar a nadie, de manera que todos estaban tan contentos y tranquilos como él. Gato se puso en pie lentamente, levantó sus miembros uno por uno, y acomodando sus patas traseras extendió las delanteras varios pasos hasta que quedó tan estirado como puede estirarse un gato. Alzó la cabeza y arqueó la espalda hasta que cada músculo, cada articulación y cada tendón quedaron listos y en su lugar. En verdad, una forma de estirarse que sólo los gatos poseen.

Ahora se sentía vivo y se sintió más consciente de su condición de gato salvaje mientras continuaba escuchando los ruidos del pantano que despertaba. Al salir por la estrecha entrada de su madriguera el frío del otoño le cayó encima.

La entrada estaba en el lado noroeste del árbol, y a la derecha había una roca —lo bastante grande para que Gato se sentara en ella—, que protegía la entrada de los fuertes vientos del Norte. Estaba cubierta de musgo, y en los meses cálidos a menudo se quedaba horas tendido allí, oteando los lindes del pantano.

Esta mañana puso su pata delantera en la roca, dispuesto a tenderse antes de empezar su ronda diaria, pero la retiró rápidamente, sacudiéndola con fuerza. La escarcha que había cubierto por completo el pantano durante la noche no era ahora más que humedad, y había empapado todas las plantas que podían absorberla. Con una expresión que los humanos considerarían de disgusto, el enorme gato contempló durante un momento el musgo descortés.

Luego, tras recomponer su dignidad, caminó despacio hacia la orilla del agua, con obvio malhumor.

Una capa de hielo del grosor de un papel se había formado sobre la superficie del agua del pantano, pero ya el sol había empezado a derretirla y Gato pudo satisfacer su sed con unos lametones al agua ahora acumulada sobre el hielo. El frío líquido le devolvió la lucidez a la vez que le refrescaba la boca y la garganta, instalándose finalmente en su estómago y llamándole la atención sobre el hecho de que allí había un vacío.

Gato levantó la cabeza, echó una breve ojeada hacia el Norte, a través de los manchones de helechos y hierbas secas que bordeaban el agua, luego hacia el Este por sobre los montículos de tierra helada y entre los grupos de alisos que separaban el pantano de las colinas donde dominaban los pinos y abetos. Eligió el Este, e inició una lenta marcha a lo largo de la orilla, siempre con cuidado, lo bastante despacio para notar cualquier movimiento furtivo. El movimiento es lo que pierde a la presa, porque a menudo el animal está camuflado por su color o su envoltura, bien oculto, hasta que se mueve y traiciona su presencia, poniéndose al momento en peligro.

Conforme avanzaba por los montículos que sobresalían del pantano, Gato vio que el hielo que había entre ellos era demasiado delgado para soportar su peso, pero logró pasar saltando de uno a otro.

Ahora, con los primeros progresos del invierno que invadía la tierra, las superficies se hacían más firmes y los montículos permanecían estables. Al llegar al primero de los alisos, Gato se sentó en él por un segundo, observando cuidadosamente los callejones que formaban las raíces entre los grupos de arbustos. A veces Rana, sintiéndose segura entre los espesos matorrales, se exponía un poco más de lo que convenía a su salud. Entonces Gato podía trazar su plan de ataque.

Pero ahora el frío había llevado a Rana, a Tortuga y a Culebra a su sueño invernal, de modo que los esfuerzos del gato eran en vano. Avanzó poco a poco entre los alisos, tratando en lo posible de evitar los arroyuelos superficiales que los rodeaban. Hasta este enorme gato de los pantanos detestaba mojarse las patas. Al avanzar se encontró entre charcos movedizos cada vez menos profundos; se desvió un poco hacia el Sur, para eludir la corriente principal: la que ocasionaba el exceso de agua al desbordarse por encima de la presa de Castor.

El rodeo lo llevó al extremo occidental de la presa. Aquí el agua tenía poca profundidad, pues la tierra inundada que quedaba debajo no estaba muy honda y la presa ascendía en escalones a lo largo de sus doscientos metros de longitud, desde poco menos de un metro y medio en el centro hasta unos treinta centímetros al final, sobre el terreno más elevado. Era una presa muy vieja, que no se asemejaba a las pilas de palos unidos con lodo que uno ordinariamente se imagina, sino más bien a un dique de barro. Con los años, las repetidas aplicaciones de lodo habían constituido una base suficientemente firme para que arraigaran pastos, helechos, musgos y hasta alisos, junto con las plantas acuáticas. A menos que uno mirara muy de cerca, la presa parecía una simple extensión de la tierra misma, excepto en el centro.

Allí, un leñador había dinamitado la presa en un intento por drenar esa parte del pantano, con la idea de secar el fondo hasta recuperar los árboles de madera dura que el agua había matado. En unos pocos días, Castor y su compañera había remendado el agujero de dos metros con ramas y palitos, habían rellenado los huecos sólidamente con barro y hierba, y a la semana su pantano había vuelto a ser tan profundo como antes.

Gato caminó despacio hasta la orilla de la nueva construcción, miró en torno y se tumbó. Le gustaba el rumor del agua que desbordaba la presa y se derramaba en el estanque poco profundo, metro y medio más abajo. Los árboles ahogados y desnudos del lado del castor permitían que el tardío sol de otoño llegara hasta él y lo calentara mientras yacía allí mirando a las crías de carpa dispararse de un lado a otro, apenas bajo la superficie. Cuando se sentía perezoso, éste era su lugar de caza favorito.

Más joven, había intentado con frecuencia atrapar a los peces contra el borde de la presa con un rápido zarpazo, siempre sin éxito. Pero a principios de ese año, cuando la presa estaba rebosante de follaje, el lugar le había servido muy bien para esconderse y esperar, esperar a los viajeros desaprensivos como Ardilla, que a veces utilizaba la presa como puente. Cansado de contemplar a los peces, Gato se colocó sobre la presa y contempló a los castores que añadían ramitas a su construcción. No entendía a los castores en absoluto. Había encontrado el dique en una cacería vespertina, años atrás, al inicio de sus exploraciones juveniles. Aquel día los peludos constructores estaban entregados a la tarea de reparar la presa y no manifestaron ningún miedo cuando Gato se acercó, se sentó y se puso a observarlos. Estaba cerca del centro del dique, donde ellos trabajaban ajustando, picando y transportando más relleno para detener la corriente. En cierto momento un castor que nadaba con una ramita en la boca se acercó a Gato, sin pensar más que en su trabajo, y cuando emergió del agua para colocar la rama Gato lanzó una pata tentativa hacia adelante. El castor dejó caer su carga, se echó un poco hacia atrás y contempló a Gato con sus ojos diminutos. Flotó hacia él y siguió mirándolo, sin el más mínimo temor. Luego la gran sombra negra se quedó inmóvil y en el instante en que Gato alargó la pata la cola del castor golpeó el agua con un sonido restallante. El castor desapareció bajo la superficie dejando un remolino hirviente bajo los ojos de Gato, para que lo viera y lo recordara. Gato había regresado muchas veces para ver trabajar a los castores. Nunca los consideró como comida. No le gustaba la idea de nadar, y ellos permanecían en la seguridad de su casa acuática cuando Gato andaba por ahí. Le maravillaba que criaturas peludas como él mismo desaparecieran voluntariamente bajo el agua. Con los años, ellos llegaron a aceptar en cierto modo su presencia, y en los días cálidos podía quedarse allí durante horas, contemplando a los peces y a los castores, y esperando a que Ardilla echara una despreocupada carrerita por la presa húmeda.

Poco a poco, finas capas de nubes fueron velando el calor del sol mientras Gato yacía sobre la presa, contemplando las señales que a su alrededor anunciaban el frío por venir.

Al sentir enfriarse el aire Gato se incorporó sin prisa. Mientras lo hacía llegó a su oído el leve murmullo de un graznido lejano. Volvió la cabeza en la dirección del sonido y vio a través de los desnudos ramajes de arces y encinas la oscura pared fronteriza hecha de abetos que siempre había protegido su pantanoso mundo. No escuchó otro graznido. Hubo varios, pero el viento había cambiado un poco y los enviaba hacia el Sur, hacia otra parte del bosque, donde

Ciervo estaba buscando los últimos bocados de verdor escondido antes de que el frío lo forzara a cambiar de dieta e incorporar alimentos más duros y amargos: botones secos que no habían abierto, ramitas, bellotas y las agujas siempre verdes de pinos y abetos.

Lo gris del cielo puso nervioso al enorme gato negro. Su estómago vacío, que hasta esa hora del día sólo había recibido un trago de agua fresca, también le enviaba mensajes. Avanzó por la presa lentamente y echó a caminar por tierra firme. Bajó la cabeza y reptó, como una serpiente, por debajo y a través de las frágiles ramas que salían rígidas de los troncos, cerca del suelo: ramas que separan el mundo de los abetos del mundo del pantano, cual barrotes de una jaula.

Deteniéndose un instante, se incorporó y revisó el suelo del bosque en busca de un signo o un olor. Su nariz no era muy fina. Sus ojos eran su guía y, auxiliados por los oídos, rara vez se les escapaba un movimiento o un ruido. La solitaria silueta de un gato, inmóvil entre las oscuras formas de los árboles, era imposible de distinguir. A menos que se moviera.

No se movió. Ni tampoco se movía ninguna otra cosa en el radio de su visión. El suelo, cubierto de agujas, ramas caídas y helechos diminutos, parecía carente de vida. Ni una ardilla roja abanicó siquiera la cola desde la seguridad de las ramas altas. Gato se relajó un poco. Había más terreno que cubrir, más tiempo, y, en su recuerdo, la caza en estos bosques rara vez era infructífera.

Siguió adelante, ahora con paso más tranquilo. Unos cincuenta metros más allá del punto por el que había entrado en el bosque llegó a una gran mancha terrosa y desnuda en el suelo, cerca de un árbol particularmente alto.

Gato había visto esto antes. Algunos de esos claros eran más pequeños, pero todos tenían un olor curioso. Por lo menos para Gato.

Ciervo había hecho ese claro, excavando a través de la alfombra de juncias hasta dejar limpio un metro cuadrado de tierra, donde había hecho sus necesidades. Hacía muchas marcas de éstas en los bordes de su territorio, para declarar su superioridad y su propiedad sobre las tierras comprendidas ante todos los que pudieran desafiarlo.

Gato, agachándose delicadamente al borde del claro, lo olisqueó con cierta curiosidad. Reconoció el olor, desde luego. Durante su vida había tropezado con esos claros muchas veces, pero desconocía su significado. Sin embargo, antes de continuar, penetró con decisión hasta el centro de aquella molesta mojonera y, sin llevar a cabo ninguno de los preparativos tradicionales de un gato, orinó largamente. Bastante complacido, dejó atrás el maloliente claro del Ciervo.

Gato volvió a prestar atención a la tarea que tenía entre manos. Ahora el sol había llegado más alto, y el viento soplaba suavemente secando los últimos rastros de humedad dejados por la helada de la noche anterior. Siguió caminando despacio, sin intentar ocultarse, mirando alrededor los manojos de vegetación seca y buscando señales de movimiento. El bosque empezó a clarear un poco mientras avanzaba; un tocón ocasional indicaba que el área había sido en algún momento visitada por los leñadores. Aquí y allá, una semilla de pino había invadido las tierras de los abetos, había arraigado y se había convertido en un árbol esbelto y alto.

Más allá, los pinos se hicieron más numerosos y la tierra cambió bajo los

pies de Gato, de una estera de agujas cortas y agudas y de ramitas quebradizas, a una alfombra más mullida, hecha de agujas más largas. El animal más torpe habría podido caminar sobre ella sin hacer ruido.

Hacia la mitad de la tarde el aire se enfrió bastante, lo que indujo a Gato a caminar más rápido, aunque no menos sigilosamente que antes. Se deslizó en torno a los tocones cubiertos de musgo, a veces trotando sobre cualquier árbol caído que le ofreciera un camino más fácil entre los espesos matorrales o sobre las depresiones inundadas del suelo del bosque.

Su búsqueda de comida había adquirido un tono más urgente al nublarse el cielo y enfriarse el aire. Trazando círculos graduales hacia el Sur, Gato cruzó un sendero de leñadores repleto de helechos marrones y dorados y, en el momento de salir de esa densa cubierta, se detuvo, recordando un arroyo que se encontraba colina abajo en línea recta desde donde ahora estaba.

El arroyo nunca se helaba, ni siquiera en los días más fríos de enero, y la caza había sido siempre buena allí desde hacía años. Su paso se hizo más lento. Su meta era un alerce muerto, porque marcaba la ubicación del arroyo oculto. Recordaba muy bien el tronco alto sin corteza.

Un día, a finales de noviembre del año anterior, durante la época en que Ciervo ronda buscando compañera, Gato estaba a punto de aliviar pacíficamente su sed con un largo y dulce trago, y acariciaba la idea de descansar allí, un poco antes de dirigirse a su madriguera en la haya muerta. Se había acomodado en una posición confortable, dispuesto a tomar una siesta cuando, directamente detrás de él y muy cerca, un fuerte resoplido sacudió la quietud del aire.

Los nervios del gran gato se tensaron al instante, casi eléctricamente, y saltó sobre sus patas para encarar la amenaza. A no más de tres pasos se hallaba un ciervo de gran cornamenta, con la cabeza baja y las patas firmemente plantadas en el suelo. Se miraron con fijeza por un segundo o dos y luego el ciervo levantó la cabeza, pateó el suelo rápidamente con las pezuñas delanteras y soltó otro resoplido explosivo. Sin más aviso acometió contra Gato. Por fortuna los gatos son gatos. Éste ya había trepado hasta la cima del alerce muerto antes de que el ciervo salvara el trecho que los separaba.

Ciervo dio un par de vueltas al árbol y luego bebió largamente del arroyo antes de volver a sus rondas insistentes. Gato se quedó observando desde lo alto del árbol hasta que el ciervo se perdió de vista, y por fin descendió. Siempre recordaría ese árbol. Y otros.

Ahora, cuando divisó el árbol, Gato aminoró la marcha, se puso más alerta, y reasumió su lento y vacilante paso de caza. Sin importar que el terreno subiera o bajara, la gran cabeza aterciopelada se mantenía en el mismo plano conforme avanzaba.

¡Un sonido!

Un leve crujido.

Gato se detuvo, congelado. En el silencio que siguió podía sentir la sangre bombear por sus piernas, podía oírla en sus orejas. Entonces escuchó un golpe seco y sordo. Conocía ese sonido. Era Liebre. Gato se agazapó, el vientre pegado al suelo, y se deslizó hacia adelante como una mancha de aceite.

Ahora, a metro y medio del arroyo y un poco por encima de él, podía ver a la liebre entre los tallos de hierba y los helechos, lamiendo el frío y claro líquido, despreocupada. La piel de la liebre casi había mudado al blanco de invierno y apenas unos rastros delatores del café del verano manchaban todavía sus flancos. Estaba a un costado de Gato y si el cazador hubiera tratado de rodearla, seguramente la habría espantado. Se hallaba demasiado cerca para cambiar de dirección; su única opción era un salto hacia adelante. La sorpresa y la velocidad a menudo le habían dado buenos resultados.

Gato se tensó, preparando los músculos con su máxima capacidad de concentración, para un ataque total. Entonces, en el límite de la tensión posible, saltó, las patas delanteras alargadas a todo lo que daban, listas para aferrarse a la blanca piel.

Sin que Gato se diera cuenta, la gran liebre había tomado su último trago antes del ataque y justo cuando el cazador se dejaba ver en el salto, había levantado la cabeza de la superficie del agua. Instintivamente, las poderosas patas traseras de la liebre la empujaron hacia adelante, lanzándola al otro lado del arroyo a un terreno aún más sólido. Gato cayó donde la liebre había estado. Y no con mucha gracia, por lo demás, porque al cruzarse los dos animales la zarpa había alcanzado la piel apenas lo necesario para desequilibrar a Gato, de modo que no aterrizó en una postura que le permitiera iniciar otro asalto preciso. Se volvió rápidamente. Mientras lo hacía, Liebre desapareció bajo un tronco al otro lado del arroyo.

Gato la siguió con desesperación, pero ella siguió adelante por debajo de otro tronco, aún más bajo, a través de un espacio demasiado estrecho para que su perseguidor pudiera maniobrar en él. El gato corrió sobre el tronco, perdiendo el paso en una gruesa mancha de musgo que crecía sobre él. Saltó a otro tronco y escuchó, mientras la afortunada liebre se escurría entre un laberinto de troncos caídos y ramas retorcidas.

Tal vez en su juventud había sido lo bastante ágil para perseguir a Liebre a través de una maraña como aquélla, pero ahora no. Cuando la hubo recorrido toda y encontrado el último rastro de la liebre, vio que ese rastro sólo podía conducir a una madriguera impenetrable.

Frustrado, hambriento y de mal humor, Gato volvió al arroyo y llenó su muy vacío estómago con el agua dulce. Luego siguió la suave corriente del arroyo que buscaba su curso a través de una pequeña ciénaga, que más adelante se convertía en un riachuelo, se curvaba hacia el Sur y bajaba la suave pendiente para entrar en el pantano. Gato lo siguió, con la esperanza de encontrar alguna tonta criatura atraída por el agua, alguna criatura no tan ágil como Liebre.

Allí donde la corriente pasaba entre dos coníferas, la tierra descendía abruptamente creando una cascada en miniatura. Rocas desnudas emergían de entre montones de pesadas y retorcidas raíces, señales de que en la primavera la corriente tenía más fuerza. Debajo de la rumorosa cascada, el agua había cortado la piedra formando empinadas murallas de roca, murallas tan altas como para esconder a Gato, o incluso a Ciervo, de ojos poco amistosos. Los abetos se espesaban en cada banco del río, y en algunas partes se inclinaban sobre el agua, formando un túnel. Muchas veces Ciervo había pasado por aquí, en ocasiones por decisión propia, para refrescarse, en un tórrido día de verano. Otras veces, cuando era perseguido por coyotes o cazadores, utilizaba la protección de los peñascos y los árboles como vía de escape hacia la seguridad dentro de las profundidades del pantano.

Gato buscaba su camino cuidadosamente en torno a las grandes rocas, observando los intersticios en busca de una posible caza, ¿tal vez alguna rana apartada? Pero las ranas y las hojas secas no van juntas. Siguió avanzando, con trabajo y lentitud por el empinado lecho del río.

Cincuenta metros río abajo desde la cascada, la pendiente se hacía menos pronunciada, las rocas expuestas más pequeñas y los abetos menos densos a lo largo de las riberas. Desde allí Gato podía ver a través del bosque, y su mirada siguió el curso del agua hasta el punto en que se ensanchaba, se hacía más lento y se unía a las aguas del pantano. De nuevo bebió mucho, aliviando el dolor que el hambre azuzaba dentro de él. Al levantar la cabeza, un solo copo de nieve le pasó por delante de la nariz y vino a caerle sobre el negro azabache de la pata.

Mientras miraba el copo de nieve, Gato oyó un sonido agudo y desconocido. Un sonido metálico, como una especie de tintineo, no muy distinto del que hace un carámbano de hielo al caer de una rama. Conocía todos los ruidos propios del pantano: el rumor del viento, los crujidos y gemidos con que se rozan los troncos, el chasquido de una rama al romperse. Sabía que en noviembre el viento toca melodías distintas a las de junio. Conocía los ruidos que hacen los fuertes y los que hacen las criaturas débiles con quienes compartía este pantano suyo. Esos sonidos podían tranquilizarlo o exigir su atención, dejarlo dormir o atraerlo a la caza... u obligarlo a esconderse.

Pero ésta era una nota distinta. Nunca había sentido en realidad la aguda puñalada del miedo. Ahora tampoco. Era cautela. La cautela y un ramalazo de angustia que hizo saltar su corazón lo hicieron trepar por el costado de la orilla rocosa y asomarse desde allí al bosque vecino. Ahora la nieve caía blandamente mientras Gato buscaba atento alguna forma fuera de lugar y trataba de distinguir algún rumor inusual. Todo estaba en silencio. Todo estaba en orden.

Abandonando toda esperanza de encontrar algo junto al arroyo, Gato ascendió el bancal lateral e inició lentamente el descenso hacia el pantano.

El regaño de una ardilla a lo lejos le hizo volver la cabeza.

Cosa inoportuna.

En el instante en que empezaba a darse vuelta para encarar el parloteo de la ardilla, una roca explotó bajo sus pies convertida en polvo. Un instante más tarde un ensordecedor estampido cortó el aire.

Gato se heló, incapaz de identificar la fuente de aquel estruendo. Su corazón galopaba; empezaba a dolerle el corte que una astilla de roca le había hecho en la pata. Sus ojos brillantes buscaban más allá de la colina, recorriendo cada tocón, cada árbol... aunque no todo.

No todo lo que estaba en los árboles.

A seis metros de él, en lo alto de una gran encina, a horcajadas en la horcadura de dos ramas, estaba una cosa de dos patas que sostenía un largo palo negro. La mirada de Gato se disparó hacia allí cuando sintió un movimiento y, en ese instante, el palo vomitó fuego, de modo que el espantado gato saltó a un lado como resorte. A su derecha el suelo hizo erupción, levantando tierra y piedras, y de nuevo el aire fue roto por el fragor del trueno.

Esta vez Gato reaccionó. En una carrera desesperada puso tierra de por medio hasta llegar a la muralla que bordeaba el riachuelo, saltó hacia abajo y, escondido entre la masa de raíces de abeto, trató de recuperar el aliento. Casi había olvidado el hambre.

El gato, acostumbrado a dominar, habituado a los peligros conocidos, ahora tenía miedo. Un Desconocido lo había atacado en su dominio y le había causado dolor.

La nieve caía con más fuerza y la luz menguaba en lo alto de las riberas. Dentro de la cueva protectora que formaban las raíces, Gato se limpió a lametones la pequeña herida y, con los dientes, extrajo la astilla de roca que le molestaba. Seguían cayendo finos copos, ahora menos espaciados, del tipo de nevada que no cede.

Cuando la oscuridad cubrió las rocas del arroyo, Gato salió de su cueva. Ahora sólo era una figura negra más en los bosques de Maine, camino a casa. Permaneció bajo la protección de los abetos mientras bordeaba el pantano en dirección al Norte. Allí estaba más oscuro. Allí su negrura no lo delataría sobre la nieve. La colcha blanca cada vez más espesa rozaba ahora su vientre, pero era nieve fina, ligera, y no ofrecía resistencia a los blandos pasos de Gato en la oscuridad.

Todos los demás se hallaban ya a buen recaudo, quietos en sus perchas o cubiles, esperando a que la luz revelara fantasmas y malvas silvestres.

Finalmente su haya apareció en la noche. El fatigado gato introdujo la cabeza en la nieve, y a continuación su cuerpo, excavando un túnel hasta la entrada del que había sido su hogar durante toda su vida. Se acostó muy despacio y, tras dar un par de lametones a su pata herida, se hundió en un sueño inquieto, todavía hambriento.

Desde su refugio en la cavidad superior del tronco de haya, Lechuza Blanca miraba la nieve caer silenciosamente en la oscuridad. ❖

Capítulo tres

❖ GATO despertó muchas veces durante la noche: a veces lo sobresaltaba el recuerdo de rocas que explotaban, y el corazón le latía fuertemente durante un rato mientras veía detonaciones luminosas dispararse desde los árboles. A veces la herida lo despertaba, pidiendo atención y recordándole cosas que no entendía. También estaba el hambre, una punzada constante que le hacía imposible la tranquilidad y convertía la sensación de seguridad en una sombra casi olvidada en su mente.

El único sonido que llegaba hasta la profundidad de su madriguera era el tenue graznido interrogante de un cuervo lejano. Cuervo, intimidado por el nuevo mundo que había nacido ese día, pedía el apoyo de sus amigos. Las criaturas poco acostumbradas a la soledad se ponen inquietas cuando la nieve borra los detalles y acentos del suelo del bosque. Se sienten más solos, más vulnerables.

Gato empujó su ancha cabeza a través de la nieve que se había amontonado sobre la entrada durante la noche y se incorporó, a medias visible, escuchando. Un amigo o dos se habían reunido con Cuervo, y su animada plática evocaba los placeres de la compañía agradable.

Gato alzó las orejas. Desde el Noroeste, lejos, a través de los bosques de abetos, llegaba el extraño grito desafiante que tantas veces lo había intrigado. Algunos años tenía un timbre más alto y tenso, pero el lenguaje era siempre básicamente el mismo: "¡La mañana y yo hemos llegado de la mano, y eso es bueno!" Hiciera buen o mal tiempo, el mensaje era idéntico.

Se abrió paso al exterior y surcó la nieve todavía suelta hasta la orilla del pantano. Apartó la nieve con la pata y palpó el hielo aún delgado; lo quebró para que el agua se deslizara sobre la superficie, lo suficiente para un buen trago.

Con el hambre temporalmente calmada, miró hacia atrás, hacia lo alto de la pendiente, más allá de su madriguera. La caza no sería fácil este día. En definitiva nada de ranas, culebras o insectos jugosos, y Ardilla se quedaría quieta casi todo el día ponderando los nuevos peligros que esa sustancia blanca presentaba. Su rica piel café rojiza no se confundía bien con la nieve. Sus reservas de invierno estaban enterradas en diversos puntos de una amplia zona, pero una parte estaba allí mismo, en su árbol. Guardada precisamente para días como éste.

Gato decidió dirigirse hacia al Noroeste, hacia arriba y a través de la franja de abetos. Las ramas cargadas de nieve formaban cuevas y túneles que lo hacían invisible desde arriba. De vez en cuando rozaba con demasiada fuerza una rama muy llena, y ésta dejaba caer su carga sobre él. Su negrura emergía con un leve temblor y una ondulación de la cola. Una sacudida más, y apenas quedaba un solo copo sobre el reluciente y espeso abrigo.

Se acercaba a un bordillo abultado que ascendía por debajo de la nieve:

un muro de piedra que alguna vez había servido de corral para las vacas cuando este denso bosque fue un campo. Tanteó el suelo con cuidado hasta encontrar apoyo seguro, y pasó sobre el muro. El otro lado había quedado protegido del empuje del viento y la nieve no era tan espesa allí, de manera que Gato siguió el muro a lo largo de unos doscientos metros, metiendo la nariz o la pata en los huecos ocasionales que la nieve había dejado. Probablemente dejó pasar unos cien ratones que tenían su nido en lo hondo de ese muro.

En cierto lugar, el rastro de un viajero que lo había precedido se le cruzó en el camino y se perdió en uno de esos huecos oscuros.

Gato presionó la cara contra la entrada del hoyo y olfateó profundamente... ¡Aj! El olor almizclado de Comadreja seguía allí. Comadreja, ahora ataviada con su blanco atuendo de invierno, patrullaba las cavidades interiores del viejo muro, con la idea de cazar un ratón.

Gato abandonó la protección del muro de piedra y siguió el arroyo en dirección Suroeste, aventurándose más lejos de lo que nunca antes había ido. Avanzaba entre árboles distintos de los oscuros abetos y los tupidos y amontonados pinos que le eran familiares; ahora caminaba por un bosque más abierto, con pinos muy altos. Los espacios planos entre los enormes árboles estaban cubiertos de retoños que se asomaban apenas en la nieve. Eran verdes puntos dibujados... alineados. El orden que guardaban inquietaba a Gato.

Tras revisar con cuidado el techo de árboles, echó a correr dispersando la nieve a su paso a través de la molesta cuadrícula de arbolitos recién nacidos, hasta el extremo opuesto de esos bosques hechos por el hombre, donde crecía un abeto solitario que de nuevo ofrecía protección bajo sus largas ramas bajas.

El gato se agazapó allí por un instante, contemplando el rastro que había dejado mientras recuperaba el aliento.

Luego giró y se deslizó bajo las ramas hacia el otro lado del árbol. Ante él se abría una gran extensión cubierta de blancos abedules, hasta donde alcanzaba su vista.

Contempló aquel espectáculo durante unos instantes. Había algo ominoso en aquellos bosques. No había sombras para proteger su anónima naturaleza, ni rocas ni hondonadas para ocultarse de la vista. Era un lugar luminoso y bastante alegre, en realidad un sitio poco adecuado para un gato negro de los pantanos.

Se tendió bajo el abeto, contento de posponer cualquier decisión de continuar, y examinó la extensión que se abría ante él, blanco sobre blanco.

Entonces, ¡hubo un movimiento!

Una pequeña mancha negra se movía. Gato se puso tenso y todo su ser se concentró en esa única nota oscura. Pasaron unos segundos ¡y se movió de nuevo! Ahora reconoció en ella el ribete oscuro de una larga oreja blanca. ¡Liebre!

Ésta ya tenía su abrigo blanco de invierno. No le quedaba ni una mota café. Con el peludo párpado cerrado sobre los oscuros ojos líquidos y las orejas apoyadas en el lomo, el conejo se disolvía en el paisaje de nieve bajo los abedules... hasta que hizo ese movimiento vulnerable.

Gato esperó, sin saber cuál sería el mejor modo de acercarse. No había posibilidades de emboscarse en la desnuda blancura de la plantación de abedules. No había allí nada para ocultar su negror. Así que esperó, bien escondido bajo los brazos oscuros y cubiertos de nieve del abeto.

La liebre avanzó un paso y se detuvo a mordisquear alguna golosina que sobresalía de la nieve. Mientras masticaba, las puntas oscuras de sus orejas se arrugaron imperceptiblemente, pero para Gato se trataba de banderas ondeantes, que lo invitaban a darse un festín. Liebre empezó a dar vueltas en su lenta y vacilante búsqueda de vestigios comestibles, desapareciendo a veces en una leve depresión de la nieve, apareciendo otras expuesta del todo. Se iba acercando y el gato esperaba, en tensión. Sabía que no podía igualar a Liebre en cuanto a velocidad, especialmente en la nieve. A esos grandes conejos blancos se les llama también liebres con zapatos de nieve, y no sin motivo: sus grandes patas traseras bien forradas de piel les permiten moverse sobre la nieve sin hundirse demasiado. Muchas veces esas patas les salvan la vida. Liebre ramoneaba ahora más cerca, inconsciente de los dorados ojos fijos en ella, y Gato aguardaba.

De pronto, en lo alto de su línea de visión apareció Milano, con las patas tendidas hacia adelante. Liebre percibió el peligro demasiado tarde y, a mitad del salto, recibió un fuerte golpe que la hizo caer de costado. Pateó furiosamente al ave con sus poderosas extremidades traseras, pero el ave rapaz eludió el ataque con un golpe de alas y hundió cinco de sus ocho garras en el cuerpo de la desesperada liebre. Un momento más tarde no quedaba bajo el ave victoriosa más que una inmóvil piel blanca.

Milano se acomodó sobre su presa y la envolvió con las alas desplegadas, como para protegerla de miradas curiosas. Arrancó luego con el pico varios manojos de pelos, hasta desnudar parte de la piel, y empezó a comer. No había notado los ojos fijos y feroces que lo miraban desde el abeto cercano.

Gato se repuso; dudó por un momento mientras sus sentidos y sus músculos alcanzaban el máximo de atención, y se lanzó sobre las dos formas visibles sobre la nieve. El halcón se echó hacia atrás sorprendido, mientras el enorme gato salvaba, en media docena de poderosos saltos, levantando la nieve a su paso, la distancia que los separaba. Se preparó a defender su presa bajando primero la cabeza y desplegando las alas, para duplicar su tamaño aparente. Pero Gato era demasiado grande. No se dejó impresionar. Si el milano se hubiera quedado a pelear, aquélla habría sido su última batalla.

Disgustado, el ave ganó altura, trazó un círculo rápido y se fue en busca de otra presa. Gato fijó ahora la atención en el trofeo robado.

Cuando hubo comido hasta saciarse, hasta atiborrarse en realidad, Gato se incorporó. Su mirada buscó a través y más allá de los últimos abedules donde, aquí y allá, alguna sombra anunciaba plantas de otra especie. Lejos, a la izquierda, una forma desigual y oscura se asomaba entre las barras verticales de los árboles: una gran forma oscura. Merecía ser investigada porque el gato estaba cansado, y las grandes formas oscuras prometían refugio. Recogió lo que quedaba de la liebre y se arrastró lentamente por la nieve.

La cosa resultó ser una enorme roca. Del lado de acá crecían abedules, y del lado de allá, abetos y otras coníferas. Sobre la roca un manzano salvaje un tanto desastrado y torcido levantaba sus ramas sobre la nieve, y junto a él había un gran tronco hueco. El tronco estaba cubierto también de nieve, pero uno de sus extremos quedaba un poco expuesto.

Los lados de la roca eran lo bastante empinados para quedar libres de nieve, y Gato examinó con detenimiento las grietas y salientes en busca de posible refugio. La roca era en realidad el afloramiento gigantesco de una veta metalífera. Surgía bajo el suelo en la pendiente de una apacible colina y, a la izquierda, el gato descubrió una vía fácil para trepar hasta su cima. Decidió investigar el tronco.

Estaba en efecto hueco y era muy grande. Gato dejó caer los restos de la liebre a la entrada, metió la cabeza y olfateó varias veces. Percibió un tenue olor a mapache, pero no lo bastante intenso para que se pudiera creer que algún animal de esa especie habitaba allí actualmente. Se arrastró con cautela hacia adentro.

Las suaves capas interiores de madera podrida le recordaron la haya que le servía de madriguera, y ese recuerdo lo tranquilizó. Aunque el lugar era estrecho logró girar sobre sí mismo un par de veces y se acostó, con la cara hacia la entrada.

La luz de la tarde se hizo más débil y, a pesar de que fácilmente podría haberse dormido, Gato permaneció despierto, muy consciente de que estaba lejos de casa. Había otros olores dentro del tronco además del de Mapache, aunque éste predominaba. Podía oler a Ratón, sólo un leve tufo, y a Zorrillo. Lo que más lo intrigaba es que también detectaba algo de gato. Su olfato no era muy refinado pero sí podía reconocer el olor a gato. El aire estaba muy quieto en el exterior. Dentro, Gato se sentía abrigado y caliente, y muy soñoliento mientras empezaba a digerir la tan esperada comida.

Entonces, más fuerte que nunca lo había oído: ¡el grito áspero y desafiante que lo había intrigado durante años se dejó oír!: ¡*Irrr-ir-ir-ir-iiirrrr*!

Pareció saltar sobre él desde el otro lado de la plantación de abedules. El sonido se repitió tres o cuatro veces, y luego reinó el silencio.

El sueño le parecía a Gato la cosa más remota, pero poco a poco la oscuridad, la comodidad de su refugio y el olor familiar aflojaron sus nervios, y el enorme felino se quedó dormido. Durante la noche, un aire más cálido se filtró por los bosques y la nieve pulverizada se asentó para formar una base más firme. Un búho cuernilargo se detuvo en un árbol a la orilla de la plantación de abedules con la esperanza de divisar alguna presa que cruzara por el espacio abierto. Vio las huellas de la lucha entre Milano y Liebre: manojos de pelo y nieve pisoteada, y el rastro de Gato que se perdía entre los árboles. Al no ver movimiento sobre el suelo, el búho voló silenciosamente hacia algún otro divisadero más productivo. ¡*Iirr-ir-ir-iiiirrrrrr*!

Gato fue arrancado de su sueño. El grito se repitió, una y otra vez. Sus orejas se alzaron atentas. Sus ojos se ajustaron al resplandor del sol en la nieve mientras reptaba despacio hacia la entrada del tronco. No se sentía hambriento, pero sí naturalmente atraído a la carne que había dejado afuera la noche anterior.

Era de mañana. Tarde en la mañana, en realidad. El sol estaba alto y los bosques nevados brillaban bajo sus rayos. Mientras se arrastraba hacia la luz, el corazón de Gato saltó en su pecho.

¡Allí, agazapada al otro lado de los restos de la liebre y mirándolo fijamente, había una pequeña gata gris! Sus miradas se clavaron una en la otra.

La recién llegada se quedó paralizada, helada de miedo a la vista de la gran sombra negra. Esa mañana, temprano, había salido del granero de la granja cercana sin otro motivo que el hecho de que hacía un día brillante y soleado, y le dieron ganas de pasear.

Los otros gatos, con quienes compartía los rincones y nichos del pajar, eran unos perezosos. Cazaban durante gran parte de la noche ratones y ratas, en los intestinos del granero, y solían pasarse el día por ahí tirados, cuidando de no gastar más energía que la necesaria. Ella, por su parte, era una gata diurna, y aprovechaba los restos de comida seca que dejaban los humanos cuando iban a alimentar a los caballos. No le gustaba mucho, pero era gratis y no tenía que trabajar para ganársela.

A Gallo también le gustaba. Parecía creer que la comida de gato era para él y a menudo se acercaba a sus platos y tomaba lo que quería. Si ellos se oponían, los correteaba, picoteando y golpeando el suelo con las patas, hasta que retrocedían. Varias veces al día, si Gallo no andaba por ahí, ella saltaba sobre la alta caja de madera donde dos platos anaranjados contenían los trocitos de croqueta seca. De vez en cuando descubría alguna golosina, sobras de la comida humana de la noche anterior.

Esa mañana la luminosidad del día la había animado a aventurarse más lejos de lo usual. La nieve suelta del día anterior se había endurecido un poco, lo que hacía el paso más seguro, y ella era lo bastante ligera para caminar incluso a tramos por encima, sin hundir las patas. La gata no tenía en mente ninguna misión particular, sólo un paseo. De ordinario nunca pasaba de la entrada del sendero de leñadores que empezaba después de la huerta, al otro lado de la casa.

Las sombras del bosque eran un misterio para ella. De algún modo sabía que allí había peligro. Muchos de los gatos del granero habían ido a cazar allí y algunos no habían vuelto nunca.

Los únicos gatos viejos del granero eran los que no merodeaban por los bosques.

Esa mañana el sol iluminó por igual los campos, la huerta y los bosques.

La luz se reflejaba en la nieve alumbrando los lugares sombríos, y éstos parecían seguros. La gatita de granero caminó lentamente hacia la entrada del camino de leñadores y empezó a seguirlo. Pocos metros más allá dio vuelta a la derecha por un sendero que llevaba a un gran bosque de abedules jóvenes y, al pasar por un montón de troncos recién cortados, una descarada ardilla roja se puso a parlotear. Estaba sentada agitando la cola y quería informar a todo el mundo que una gata que nadie había invitado andaba de paseo por ahí. Pronto llegó Grajo y se sumó a las críticas de Ardilla. Siguió a la gatita durante un rato pero luego se cansó y voló en busca de otras aventuras.

A la gatita el bosque de abedules le pareció un lugar alegre. Nunca había llegado tan lejos y de ordinario esa soledad la habría puesto nerviosa. Pero aquí no parecía haber ninguna posibilidad de peligro. Demasiada luz. Demasiada luz y alegría. Avanzó un poco entre los abedules. Mirando hacia la izquierda descubrió unos metros más adelante algo que interrumpía la uniformidad de la nieve y se acercó para ver qué era. Había trozos de piel tirados, la superficie de la nieve estaba muy alterada y aquí y allá se veían manchas de color rosa. La intrigó el olor de la carne, aunque no sabía de qué clase era. Siguió el rastro de ese olor a través del bosque, hasta lo alto de una enorme roca.

Encontró los despojos de Liebre en la nieve, muy cerca de la entrada de un tronco hueco. ¡Qué suerte tenía! Carne gratis. Mejor que esa sustancia seca del granero. Empezó a comer.

A la vista de la monstruosa forma negra que surgió del tronco, el terror más absoluto paralizó a la gatita. Sabía que era un gato, ¡porque olía a gato! Parecía un gato. Pero era tres o cuatro veces más grande que cualquiera de los

gatos que ella había visto en su vida. Sólo había conocido gatos de granero, pequeños, de poco más de tres kilos, alimentados en casa y más bien no muy saludables. ¡El que tenía delante era algo completamente distinto!

Se miraron con fijeza. Ninguno de los dos movía los ojos ni los bigotes, ni un pelo siquiera. Gato no había visto a otro de su especie desde la muerte de Tuerta. En realidad apenas tenía un vago recuerdo de sus hermanos o de su madre. Esta criatura que tenía enfrente no despertaba en él sentimientos de posesividad respecto de los despojos ni agresividad de ningún tipo. Estaba simplemente fascinado de que existiera. Ninguno de los dos gatos emitió sonido alguno.

Pasó un momento, quizá toda una vida para la más pequeña, y luego Gato, muy despacio, adrede, se dejó caer hasta acostarse e, igual de despacio, guiñó los ojos. La gatita de granero se puso tensa cuando Gato se movió, pero cuando parpadeó ella se relajó visiblemente y se acostó también. Se quedaron así durante unos instantes, mirándose y mirando alternativamente la carne que yacía entre ambos. Entonces el gato grande alargó la cabeza, levantó un pedacito de carne suelta y la masticó con lentitud. La gatita de granero, ahora razonablemente segura de que ella no sería comida, hizo lo mismo.

Cuando los dos hubieron consumido lo que con probabilidad no era más que una porción ceremonial, se lavaron las patas con gran cuidado y placer. También había en eso algo de ceremonia. Así pues, eran de la misma tribu después de todo... De eso la gatita de granero estaba segura, y era obvio que Gato disfrutaba de su compañía.

El sol estaba en todo su esplendor para un día de noviembre, de modo que para escapar de los rigores de la luz reflejada en la nieve, Gato se levantó y paulatinamente penetró en la reconfortante penumbra del interior del tronco. Tras un momento de indecisión, la gatita de granero lo siguió.

Cuervo y un amigo habían estado sentados en la copa de un pino mirando la roca desde arriba mientras los gatos comían, se lavaban y desaparecían en las profundidades del tronco.

Eran adeptos a las sobras. Cuando estuvieron seguros de que los dos habían quedado bien guardados, los pájaros se deslizaron hasta la roca y aterrizaron a unos metros de los huesos casi desnudos. Escucharon, con las cabezas ladeadas, y luego, satisfechos con la quietud que reinaba en el interior del tronco, procedieron a arrancar de los huesos los restos de comida que quedaban.

Los dos gatos adentro del tronco durmieron varias horas. Gato se despertó dos veces. La primera vez lo sobresaltó un poco la desacostumbrada tibieza del cuerpecito que yacía contra él. La segunda vez sintió una calidez y una seguridad interiores que le proporcionaron el sueño más profundo que había disfrutado en meses. ❖

Capítulo cuatro

❖ LA GATITA de granero fue la primera en despertar. La tarde estaba ya avanzada y el bosque de abedules iba adquiriendo un tinte gris azulado. El sol había bajado hasta esconderse tras el festoneado horizonte de las coníferas que crecían al oeste de los abedules, y en lo alto las delgadas nubes reflejaban matices rosados. Luego se oscurecieron hasta alcanzar tonalidades rojas conforme el sol se hundía más aún hacia otros mundos.

La gatita se sentía inquieta, y su sensación de desasosiego arrancó a Gato de su sueño. La vio a la entrada del tronco: una pequeña forma oscura recortada contra los abedules grisáceos.

Ella se volvió a mirarlo y luego empezó a caminar sobre la nieve. Ahora hacía más frío y el leve deshielo producido por el sol se había endurecido de nuevo, así que resultaba más fácil caminar. Olisqueó lo que los cuervos habían dejado. Nada capaz de satisfacer más que a un ratón. ¡A ellos les gustan los huesos! Caminó de regreso a la entrada varias veces, tratando de insitar a Gato a seguirla. Él se resistía a dejar la comodidad del tronco. No estaba tan hambriento como para salir a cazar y, además, la noche se acercaba rápidamente. Éste era un momento adecuado para aprovechar una guarida confortable y segura.

Ella no quería volver a entrar y aunque claro que Gato no podía razonar, sus acciones lo ponían incómodo. Cada vez que ella se alejaba, él sentía algo y no le gustaba lo que sentía. Cuando ella volvía a mirarlo, se sentía mejor, más calmado, en cierto modo. Por último, ella descendió varios metros, alejándose de la roca. Gato se puso inquieto cuando la hembra desapareció de su vista.

Se arrastró fuera del tronco y desde su punto de mira en lo alto de la roca vio a la pequeña forma alejarse por el sendero que había recorrido de venida. Ella se detuvo, se volvió y se quedó mirando a la gran figura inmóvil sobre la roca. Dio dos pasitos atrás, hacia él, y, al mismo tiempo, Gato bajó suavemente por el sendero hacia ella.

Los dos avanzaron con facilidad entre los abedules, abandonando el abrupto sendero del día anterior por la suave corteza que se había formado en la superficie de la nieve.

Búho Cuernilargo había regresado para probar suerte en el bosque abierto y, posado en un pino, observaba a los dos gatos que avanzaban por el suelo. Si la más pequeña hubiera estado sola Búho seguramente habría gozado de un fácil festín, ya que había comido gato muchas veces. El Gato de Pantano... Bueno, ésa era otra historia. Ya una vez un búho cuernilargo había aprendido eso por la mala.

Juntos dejaron atrás la pila de troncos donde Ardilla había parloteado, y siguieron por el sendero de leñadores hacia la entrada de la huerta. Conforme se acercaban a lo que era el espacio más abierto que Gato hubiera visto, más nervioso se ponía él. Su compañera seguió adelante y sin vacilar sa... bosques para entrar en la huerta.

Gato sólo podía ver peligro allí: ¡ningún escondite! Había unos cuantos manzanos viejos dispersos, pero cualquiera que atravesara ese espacio resultaba vulnerable. Los habitantes de los bosques no pueden permitirse ser vulnerables.

Su instinto para el movimiento furtivo no le permitía a Gato caminar a cielo abierto, y cuando la gata de granero sintió que él ya no la seguía, se volvió. No entendía por qué vacilaba, y lo llamó con suavidad. Gato no se movió. Ella regresó hasta él, al borde del bosque, se dio vuelta y se alejó de nuevo lentamente. Él no se movió tampoco esta vez. Ella regresó otra vez, perpleja. Aquel terreno le era familiar; no sentía ningún peligro allí, y aunque no tenía capacidad para conocer las razones de Gato, sabía que él estaba intranquilo.

Gato era un acechador. Los que acechan no se ponen en posición de ser ellos a su vez acechados. Simplemente no es natural. No es seguro. De ninguna manera podía permitirse esa desventaja.

Ella percibió su deseo de permanecer a cubierto de modo que, cuando de nuevo empezó a alejarse, lo hizo a lo largo del borde de la huerta, cerca del bosque. Había unos dos metros de matorrales y pinos pequeños entre el espacio abierto y un muro de piedra que corría paralelo al lindero de ese espacio, y Gato decidió caminar por ahí. No podía entender por qué su amiga no hacía lo mismo.

Avanzaron un poco sobre la nieve, la hembra a cielo abierto, Gato a su lado pero escondido bajo la protección de los pinos recién nacidos, y de nuevo el gato grande se detuvo. Se quedó, transido, mirando un rectángulo de luz en

lo alto de la colina. Detrás de él se oía un rumor de música y alguna voz ocasional.

Gato no tenía experiencia alguna en tales cosas. La claridad del día y los rayos de luna eran las únicas formas de luz que conocía, y esa luz cuadrada que hacía ruidos era una incógnita total. Su compañera no parecía intimidada en lo más mínimo, porque había pasado de noche junto a la ventana cientos de veces en sus excursiones a la huerta y más allá. Él sentía su confianza y sin embargo prefirió trepar al muro de piedra y seguir por el otro lado. Siguieron adelante, separados por el muro cubierto de nieve, hasta que los sonidos que inquietaban a Gato quedaron atrás y se perdieron en la noche. Luego el muro terminó. O, más bien, dio vuelta en ángulo recto hacia la izquierda. En ese punto Gato bajó de un salto, vio que la hembra seguía caminando y la alcanzó mientras ella sorteaba tocones cubiertos de nieve, retoños de arce y algunas piedras caídas.

El muro conducía a una masa de piedras más alta y más apretadamente construida: los cimientos de un viejo granero. En ese muro de rocas había un hueco por el que muchos gatos se habían aventurado a lo largo de los años. Era su portón privado para ir de cacería, para dar paseos individuales, para cualquier aventura que quisieran emprender sin que nadie lo supiera. Había sido el último contacto de Tuerta con la crueldad y la desdicha. A Gato le parecía que la gatita lo había guiado a una madriguera de piedra. Ella se introdujo por el hueco sin cambiar de paso, pero cuando él quiso seguirla la única parte de su cuerpo que pasó fácilmente por la abertura fue su enorme cabeza. Para que pasara el resto tuvo que arrastrarse sobre el vientre, y apenas lo logró.

¡Aquello no era para nada una madriguera! Apenas el espacio para reptar pegado al suelo, bajo el granero. Había albergado puercos y pollos en años pasados, pero ahora sólo contenía montones de madera vieja, rollos de tela de corral usada y diversos artículos sobrantes, aunque guardados con la esperanza de que sirvieran un día para ahorrar algo de dinero.

La hembra se encaminó directamente hacia una gran viga vertical que surgía del suelo y penetraba por un agujero en el entarimado que estaba sobre sus cabezas. Se volvió a mirarlo y luego procedió a subir, y desapareció por el orificio. Él hizo lo mismo. Es decir, casi. Trepó por la viga pero, al llegar al agujero, descubrió que ni siquiera su cabeza podía pasar por él. Regresó al suelo. La hembra retornó y repitió la subida, luego sacó la cabeza por el agujero, preguntándose por qué él no la había seguido. Transcurrido un instante, bajó una vez más, se sentó junto a él y se lavó la pata derecha.

Gato se sentía incómodo allí... Era un gran espacio desconocido el que había a su alrededor, y eso no le gustaba. La única cosa que le impedía regresar a los bosques era que la gatita parecía encontrarse tan a gusto aquí. Instantes más tarde se aburrió de verla dedicada a su pata; se puso en pie y se metió por la abertura que dejaba una tabla faltante en el cancel de madera. La pared había servido para mantener a los puercos y los pollos en ese extremo del granero. Y estaba la parte de atrás.

El suelo ascendía abruptamente del otro lado de la pared hasta un punto en que Gato apenas podía moverse. Podía caminar con facilidad entre las enormes vigas que sostenían el piso de arriba, pero no podía deslizarse por debajo de ellas para pasar de un espacio al otro. Entre dos grupos de vigas, allí donde se unían al muro que servía de cimiento, encontró capas de paja vieja. Habían caído allí cuando cambiaron el suelo del pajar del segundo piso. Hacia la esquina delantera del granero encontró un trozo de terreno de lo más desagradable. Maloliente. ¡Aj! Estaba agazapado exactamente debajo de un establo de caballos. La orina de varios años había chorreado a través de la tarima de arriba y había saturado el suelo. El gato se apartó de aquel sitio. Regresó al otro pasillo de vigas, donde había descubierto la paja, y allí encontró a su pequeña guía, cómodamente enroscada y ya dormida.

Cuando Gato se acercó a ella, levantó a medias los párpados, lanzando un breve sonido gatuno de contento. Aquél parecía un lugar suficientemente seguro. Se acostó con cuidado junto a ella y cerró los ojos. La gata de granero había dormido allí muchas veces.

A la mañana siguiente, un sonido familiar se dejó oír: ¡*Iiirr-ir-iir-ir-iiiiirrrrrr*!

Gato se despertó en alerta total. ¡El sonido que había captado su atención durante años estaba ahora sobre su cabeza! Sus ojos se ensancharon al intentar percibir otros sonidos procedentes de lo alto. No hubo ninguno.

El sol no había salido aún, pero no habría importado, ya que las criaturas del granero no obedecían a la salida y la puesta del sol sino, más bien, a la aparición de Hombre. Cuando él abría de par en par las enormes puertas blancas del granero, dos veces al día, la luz del sol inundaba los rincones y nichos del interior y la comida aparecía poco después.

La comida. La comida era el péndulo que gobernaba el pulso de aquel granero: paja y grano para los caballos y las ovejas, maíz y alimento para los pollos, toda suerte de sobras para los ratones y las ratas. ¿Y los gatos? Pues esa horrible cosa seca que a Tuerta no le gustaba nada, desde luego.

Gata despertó y se incorporó despacio. Sabía que no había necesidad de apresurarse aquí en el granero. De nuevo se lavó cuidadosamente las patas, con lentos y deliberados lametones de su lengua rasposa. Cuando estuvieron limpias a satisfacción, empezó con el costado, justo debajo del cuarto delantero. Avanzando más allá del muslo, estiró su pata trasera hasta su máxima extensión y con sus diminutos dientes delanteros sacó de su piel un diminuto mechón peludo de cerca de la cola. Gato la contemplaba con gran admiración. Una vez terminado su aseo personal, la gatita se levantó y caminó tranquilamente hasta la otra punta de la guarida cubierta de vigas. Gato adquirió confianza del modo de estar seguro aquí, en este lugar desconocido.

Sin duda no había allí peligro alguno, porque una criatura tan delicada nunca habría sobrevivido sino en las condiciones más favorables. La siguió.

A mitad de camino, sobre la pendiente que subía del suelo al granero, había una abertura hecha por el hombre en los cimientos de medio metro cuadrado. Los dos gatos salieron a través de ella y treparon a una gran plataforma de piedra: el escalón que utilizaban las vacas para entrar al granero. Siguieron de cerca el muro de la cimentación, luego dieron vuelta a la esquina de la fachada del granero. En una estación más cálida Gato podría haberse alarmado al ver camiones y coches estacionados a lo largo de la barda cercana, pero aún quedaba algo de nieve que suavizaba las formas y los colores de los objetos fabricados por el hombre.

Sí lo sobresaltó un súbito chorro de luz, al dar vuelta a la esquina. ¡El sol nunca hacía esos cambios abruptos! Una gran lámpara estaba montada sobre las puertas centrales del granero e iluminaba un área considerable frente a la construcción. Gato vaciló un momento, considerando de nuevo los peligros de moverse al descubierto. Luego siguió adelante.

Los dos llegaron al centro de las grandes puertas, donde Hombre siempre dejaba una abertura de un palmo, a menos que lloviera fuerte del Noroeste, para que los gatos y los pollos pudieran ir y venir sin obstáculos. Si un borrego o un caballo se soltaba dentro del granero, la abertura era demasiado pequeña para que pudiera escapar.

La gata de granero entró primero y Gato la siguió de buena gana. No sintió tanta extrañeza ante la oscuridad y los olores que lo confrontaron allí.

Avanzaron por el pasillo central, hasta la mitad de la longitud del granero, antes de toparse con una gran caja de madera con tapa inclinada. Ella saltó fácilmente sobre la caja. Gato esperó en el suelo, por lo menos hasta que la oyó masticar alguna cosa crujiente. Le vinieron a la mente imágenes de sabrosos huesos de urogallo, los que le encantaba quebrar para saborear la rica médula. Saltó junto a ella y miró al interior del gran plato anaranjado. Había unas cositas con forma de estrella y Gata las devoraba con delectación.

Mientras que la gatita sólo podía comer de dos en dos, Gato podía meterse media docena en la boca de una sola vez. Y lo hizo. No le gustaron. Los trocitos tenían la consistencia de la corteza de cedro untada de arena, pero guardaban un vago olor a pescado y eso le agradó.

A principios del otoño había estado vagando junto al Arroyo de los Castores, sin cazar pero sí con un ojo alerta por si se presentaba alguna oportunidad, cuando encontró un pequeño estanque. El nivel del arroyo había bajado drásticamente cuando el color de las hojas de arce empezaba a cambiar, y formaba una serie de estanques rodeados de tierra. La mayoría estaban vacíos o contenían nada más una rana residente.

La caza había sido buena el día anterior y Gato había comido bien, de modo que Rana no lo tentaba. Pero este pequeño estanque contenía un pececito. Estaba río arriba cuando las aguas del arroyo empezaron a disminuir y, cuando por fin se dio cuenta de los peligros de la estación más seca, apenas pudo avanzar un poco hacia el pantano del castor antes de quedar atrapado por una barra de grava. El pez llevaba allí varios días, sin nada que comer, y yacía debilitado cuando Gato apareció por allí. Apenas lo cubrían unos centímetros de agua, y Gato sólo tuvo que estirar la pata para cogerlo. Le gustaba el pescado. Era un platillo poco frecuente.

Aunque estas galletitas duras eran un triste sustituto del pececillo de río, Gato comió hasta hartarse.

Gata de granero terminó antes que él y se sentó sobre la caja para limpiarse la cara y el hocico con las patas bien mojadas. Cuando por fin el gato grande se volvió a mirarla, ella pasó de la caja a una sección más alta hecha de madera de encino, que se hallaba a su costado. De allí, bajó de un salto al tercer escalón de las escaleras que llevaban al piso de arriba y subió por ellas. Gato la siguió. Pero él saltó al sexto escalón, sin esfuerzo.

Cruzaron la tarima de derecha a izquierda del granero. Para entonces, Gato confiaba en la guía de la gatita y la seguía sin preguntar, o casi. ¿No había ido todo bien desde que se encontraron? Él no podía expresarlo así, pero en su corazón había una sensación de cálida confianza.

Juntos treparon sobre ocho hileras de pacas de paja amontonadas de manera irregular. Esta vez Gato iba delante, porque podía saltar hasta tres por cada una que ella salvaba. Al llegar a la cima, ella lo condujo a la esquina trasera del pajar donde había un espacio más amplio entre dos pacas y donde otra estaba colocada encima, formando una pequeña cueva.

Ella se dejó caer suavemente dentro de aquel nicho y Gato la siguió. Encontró un lecho de paja suelta que había sido aplastada y ahuecada hasta formar una concavidad blanda. El gran gato salvaje se acostó con la cara hacia la entrada, como es la costumbre de los animales salvajes, el cuerpo extendido sobre tres cuartas partes de la paca. Gata se enroscó a su lado en una postura más doméstica, para calentarse contra el ancho vientre de él. Mientras los dedos de luz empezaban a deslizarse entre las grietas de la deteriorada pared trasera del granero, los dos se quedaron dormidos. ❖

Capítulo cinco

❖ ¡*IIIRR-IIR—IR-IR-IIRRRRR*!

El grito resonó en todo el granero, rebotando entre las vigas y las paredes, buscando a los habitantes hasta en la más oculta guarida.

¡*Iiirr-iir—ir-ir-irrrrr*!

Su sonido era tan límpido y claro como el sol y el aire. Anunciaba con osadía al mundo que un nuevo día había llegado, y que era bueno.

Ratón lo oyó con nitidez. Hubiera preferido no oírlo, porque él y sus cientos de parientes estaban ahora acurrucados en lo hondo de sus nidos ocultos por todo el granero, y muchos descansaban tras haber pasado una noche larga y peligrosa en busca de comida.

Gato despertó sobresaltado por el sonido y por su cercanía. ¡Qué volumen! Al principio se sintió incómodo con el entorno poco familiar, pero la compostura de la gatita acostada junto a él resultaba tranquilizadora. El destemplado grito no era para ella más que otro de los sonidos del granero y se mezclaba con el tráfago de los borregos y el golpe metálico de una herradura de caballo contra el suelo de madera.

¡Iiir-ir-ir-ir-irrrrrrrrrrr!

Esta vez el grito terminó con una prolongada y cansina bajada de tono, una nota menos demandante, que indicaba que su perpetrador había cumplido su tarea y ahora se preparaba a dedicarse a sus propios asuntos.

Gato levantó la cabeza por sobre la paca de paja situada frente a él. Desde ahí todo lo que podía ver era más pacas, amontonadas hasta el techo, así que trepó sin prisa sobre la que tenía más próxima y con su paso más cauteloso se deslizó hasta el borde del precipicio verde.

Allá abajo, parado junto a uno de los platos anaranjados de la caja del pasillo central, estaba un pájaro de color cobre, muy erguido. Aunque era demasiado temprano para que el sol invadiera directamente el granero, las plumas del pájaro pasaban del cobre al oro con cada uno de sus cambios de postura mientras él urgaba en los platos buscando restos con movimientos entrecortados y eléctricos de la cabeza y el cuello.

El pájaro hizo una pausa, se estiró al máximo, y *¡Iiir-ir-iirr-ir-iirrrrrr!*

El grito retumbó por todo el granero. ¡Qué sonido glorioso! Pero claro, el viejo gallo sabía que lo era.

Gato no sabía gran cosa de sonidos gloriosos, pero sí reconocía la carne de pájaro cuando la veía. Y ésta parecía especialmente sabrosa, vestida como lo estaba con tanta elegancia emplumada. Sin embargo, el gran gato no se sintió impelido a intentar el asalto sobre aquel pájaro, y esto lo sumió en la confusión. Algo dentro de él lo hacía vacilar. Durante muchos años aquella criatura había desempeñado un papel en su vida, aunque fuera un papel por cierto menor. Las declaraciones del gallo formaban parte de la memoria de Gato, eran algo conocido. El canto del gallo trazaba desde el pantano hasta el granero un hilo conector que le otorgaba al gato una sensación de seguridad. Lentamente se tumbó en lo alto del montón de paja, para observar.

Suerte para Gallo.

Su canto y los sonoros picoteos sobre el plato de plástico habían despertado a otros además de Gato. Los borregos empezaron a moverse en el corral situado bajo el pajar, tres caballos pateaban inquietos en sus establos hacia el frente del granero y los pollos cloqueaban suavemente desde su pequeña casa, colgada en la pared norte. La gatita de granero se unió a su enorme amigo en su puesto de vigía, y se acostó junto a él para observar y oír cómo el granero volvía a la vida.

Gato se sobresaltó cuando un pequeño gato negro salvó de un salto una de las puertas del establo de los caballos y trotó por el suelo. Se estiró hacia adelante para ver mejor. ¡Y otro más! Otro gato, éste negro con las patas blancas, salió por debajo de ellos. Y otro, y otro, hasta que hubo siete gatos vagando por el suelo del granero cerca de la caja de madera en que estaban sus platos.

La gatita gris se puso en pie y empezó a descender hacia el suelo del pajar. Se detuvo a mitad de camino, se volvió y miró a Gato. Él no se movió. Seguía con la mirada fija en el piso principal y en aquella colección de gatos diversos. Ella continuó su descenso, bajó las escaleras y se unió a ellos. Cuando se acercó, la saludaron con resoplidos y frotamientos de cuerpo, obviamente contentos de su llegada. Después de todo, ¿no había desaparecido durante todo un día y una noche? Por cierto, para ella era la primera vez.

El gato salvaje de los pantanos observaba en silencio. No estaba nervioso. Ver la aceptación y la familiaridad de su amiguita en aquel sitio lo tranquilizaba completamente. Pero estaba muy alerta. Rara vez durante su vida había dejado de estar alerta. En el lugar del que procedía, los que bajaban la guardia no sobrevivían.

El gato de patas blancas saltó sobre la caja y metió la cara en un plato. Como no encontró nada, volvió al suelo. Uno de los gatos que tenía el pelo negro en particular largo y sólo la mitad de la cola, fue hasta las puertas del granero y sacó la cabeza. Se quedó mirando un momento y luego regresó de un salto, obviamente excitado.

Corrió a la caja y saltó sobre ella, luego caminó dos o tres veces de un extremo al otro. Los demás gatos se contagiaron de estas acciones y ellos también subieron a la caja. ¡Entonces las puertas del granero se entreabrieron un poco!

Gato se puso en tensión y el corazón empezó a latirle con fuerza. ¡A través del estrecho espacio entre las dos puertas entró una cosa alta con dos patas! Por un instante, Gato se quedó paralizado. No podía pensar. No podía moverse. La imagen de un brillante resplandor que venía de un árbol, de una roca que explotaba y del dolor: todo atravesó su cerebro al mismo tiempo.

La cosa de dos patas caminó hasta la caja; enojada, empujó con el pie a Gallo hacia el suelo y agarró un gato. Gato no vio más, porque desapareció de la vista como una sombra bajo la luz. Si hubiera permanecido en su sitio hubiera visto a otros bípedos entrar en el granero.

—Papá, ¿dónde está Bengala? —preguntó ella.

—No sé, cariño. Seguro está durmiendo todavía por allá arriba —dijo él, mirando las vigas del entresuelo.

—¿Bengala? ¡Ven, Bengala! Michu, michu, michu...

—Mira Tracy, voy a traer el agua. ¿Por qué no das de comer por mí esta mañana? ¿Eh? ¿Quieres?

—¡Ay, papá!... Bueno, está bien...

Gato estaba agazapado entre la paja escuchando las voces con el corazón a todo latir. Si se hubiera quedado en su puesto habría visto al hombre acariciar con suavidad a varios gatos, y habría visto a una linda niña de cabello oscuro recoger a su amiguita gris y metérsela cariñosamente dentro del cálido abrigo. La llamaba Pompón. A Pompón le encantaban las visitas de Tracy, sobre todo en los días fríos en que necesitaba abrigo.

—¿Bengala?

—*Rrauuuuurrrr.*

La respuesta llegó de más arriba de donde estaba el gato salvaje.

Rrrauuurrrrr. Un gran gato amarillo atigrado salió despacio caminando por una viga del tercer piso. Acostumbrado a su precaria ruta, el viejo gato se ahorró una esquina, saltando de una viga a otra. Lo único que había entre él y el suelo eran diez metros de espacio abierto. La voz tranquila y amistosa de Bengala llegó a los oídos de Gato y apaciguó los rápidos latidos de su corazón. Levantó la cabeza hasta mirar a lo alto del granero y entrevió al gran gato amarillo que saltaba de viga en viga.

Gato se arrastró cuidadosamente hasta el borde de la paja, tanto como lo hacía en el pantano, y vio al gato Bengala llegar por fin al suelo y saludar a Tracy con rumorosos ronroneos y oleadas de frotamientos de costado contra sus botas. La cabeza de Pompón emergió del interior del abrigo, y la gatita saltó al suelo e hizo toda una exhibición de afecto por el viejo Bengala.

Tracy tenía un cazo lleno de croquetas que dejó caer en los platos anaranjados y en cuanto lo hizo su brazo quedó enterrado en un mar de gatos. Gato estaba hambriento, pero no lo bastante para...

¡Ella miró hacia arriba! ¡La niña miró hacia arriba!

De nuevo Gato desapareció, como la sombra que era.

Tracy había visto algo. Un movimiento, tal vez.

Gato se quedó agazapado dentro de su guarida de pacas de paja, escuchando las actividades que se desarrollaban abajo. Oyó la masticación de las croquetas mientras los otros gatos devoraban su desayuno. Los caballos hacían sonidos más apagados al comer, con la nariz hundida en grandes cubetas de hule. Los borregos hacían leves ruidos con sus labios lanosos sobre el comedero de madera, pegados uno al otro, cada uno tratando de ser el que se quedara con los dos últimos granos de maíz o de avena.

¿Los pollos? Bueno, picoteaban su comida seca. El único sonido procedente de esa parte que Gato alcanzaba a percibir era algún rasquido ocasional, cuando una gallina daba vuelta a las virutas que había en el suelo con la esperanza de descubrir algún manjar exótico. Cuando se trataba de comida, los pollos parecían siempre perdidos en esperanzadas visiones.

—¡Tracy! —era la voz de la cosa de dos patas: papá—. Tracy... es mejor que te apures. El autobús llegará en un momento.

—Sí, papá.

Siempre detestaba dejar a los gatos. Por cierto la escuela era un mal sustituto de ese montón de amorosos gatitos tibios.

Gato oyó las puertas del granero cerrarse lentamente. Eran muy pesadas, y las ruedas de las que colgaban retumbaban, haciendo vibrar la pared del frente.

Cuando hubieron dado cuenta de su ración de grano, los caballos y los borregos pudieron salir a pasar el día afuera, y en el granero reinó un silencio relativo. Con los nervios ya más serenados Gato pudo dormitar un poco.

Pompón y el resto de los gatos terminaron su comida mañanera y dejaron aún bastante en los platos. Tracy siempre les daba en mayor cantidad de lo que necesitaban, y siempre quedaba mucho para Gallo. Antes de que el último gato saltara de la caja, el pájaro chillón ya estaba picoteando, y su desacompasado tamborileo sobre el plástico sonaba como el de un pájaro carpintero borracho.

Gato se despertó. A la vez, dos caras peludas se asomaron sobre el borde de la paja, frente a él. Una gris, la otra amarilla. Al ver la cabeza ancha y llena de cicatrices de Bengala, las orejas de Gato se aplanaron sobre los lados y sus músculos se tensaron. Ninguno de los dos gatos se movía. El viejo gato amarillo era mucho más grande de lo que parecía de lejos, y tenía unas patas enormes. Cada una tenía siete dedos y siete largas garras. Durante muchos años Bengala había sido el indisputado guardián de la ley del más fuerte en ese granero. Nunca tuvo que probar su superioridad física: los demás gatos sabían que perderían cualquier altercado con él.

Pompón se adelantó despacio, dio la vuelta y se colocó junto al tenso Gato. El gato salvaje era mucho más grande que Bengala y ciertamente más adicto a la batalla, pero era un extraño y esto siempre es una desventaja mental.

—*Raurrrrrr* —pronunció Bengala despacio. Pompón se frotó suavemente contra Gato.

—*Raurr* —empezó ella a ronronear con fuerza.

El gato negro se sintió desarmado por la confusión. Estaba dispuesto a defenderse, a atacar y a huir, todo a la vez. Tenía miedo de Bengala y no tenía miedo. Las cosas en el pantano eran más simples: comer y dormir. Aquí había complicaciones sociales que no entendía.

Poco a poco Gato se fue tranquilizando gracias a la continua atención de Pompón y a que Bengala no se mostraba en absoluto agresivo. La obvia aceptación que Pompón manifestaba hacia el gato salvaje había atemperado la natural tendencia de Bengala a defender su territorio. Su voz indicaba sencillamente que le interesaba trabar conocimiento con aquella enorme criatura. Bengala había visto mundo. No se ponía nervioso por cualquier cosa.

Se estiró hacia adelante, olisqueando amablemente la cara de Gato: primero desde la punta de la nariz hasta el ojo, luego hacia abajo siguiendo la mandíbula y hacia adelante hasta el frente de la boca. El visitante no puso objeción alguna a tales atenciones y, cuando Bengala hubo terminado su investigación y se sentó sobre su trasero, los nervios de Gato se hallaban en un estado menos tenso.

Se fue calmando poco a poco a lo largo de las siguientes horas. Los tres gatos permanecieron arriba de la paja, limpiándose, sesteando, frotándose y, en general, dedicados a las vanidades felinas.

El granero recibía una tenue iluminación por la abertura entre las puertas y por una ventanita mucho más alta que el sitio donde ellos se encontraban. Los demás gatos hacía rato que se habían ido para dedicarse a sus diversos asuntos diurnos, gran parte de los cuales consistía en encontrar un lugar agradable donde pasarse unas cuantas horas durmiendo.

Gallo había regresado a los platos varias veces para zamparse unas cuantas croquetas más. Le gustaba más el clima cálido, porque cuando hacía calor podía encontrar en el patio jugosos bocados: grillos, gusanos y bichos de todo tipo.

El granero parecía muy vacío desde que los borregos y los caballos se habían marchado en la mañana, silencioso también. Ahora el sol se había levantado y hacía danzar al viento en cortos giros en torno al granero sacudiéndole el esqueleto hasta hacerlo crujir. Al principio, Gato pensó que eran ruidos de animales, pero lo aceptó como un ruido de fondo normal cuando vio que los otros dos gatos no reaccionaban.

El pajar se estaba poniendo mucho más caliente ahora que el oscuro techo absorbía los rayos del sol. El techo era lo primero en derretirse después de una nevada. En pleno verano las partes superiores del granero eran insoportablemente calurosas, a tal punto que ningún gato podía descansar allí. Hasta los murciélagos se retiraban a guaridas más frescas, tras las persianas de las casas y en lo profundo de la bien amontonada leña de la estufa.

Bengala por fin se cansó de estar tirado. Se había persuadido de que su descomunal visitante no era una amenaza para la estabilidad de la vida en el granero. Se había persuadido a su manera. Simplemente, el hecho de que Gato estuviera allí no lo inquietaba.

Se levantó, bajó al piso principal y salió por la puerta del frente, para ver qué tenía que ofrecer la tarde.

Pompón lo siguió. Justo antes de pasar entre las dos puertas echó un vistazo hacia atrás, a lo alto del pajar. Gato miraba intensamente desde el borde, apenas visible en la penumbra del piso de arriba. Ella retorció la punta de la cola, y salió con delicado paso hacia la luz.

Gato habría querido acompañarlos, porque aunque había llevado una vida solitaria, le inquietaba estar solo en aquel lugar cavernoso y desconocido. Volvió a su cama y durmió, durmió y soñó con un gordo y jugoso urogallo y con gallos cobrizos y dorados. ❖

Capítulo seis

❖ ALGO sucedía en el granero. Tracy lo sabía. Algo diferente. Algo nuevo. Alguien nuevo.

Conocía a todos los animales y les había puesto nombre a casi todos, incluso a algunos borregos. Todos los gatos tenían nombre.

Pompón era la mayor. Había tenido tantos gatitos que ni siquiera Tracy podía recordar cuántos habían sido. La búsqueda y el descubrimiento de cada nueva camada en el nido que la gata se había buscado siempre había sido un momento especial para Tracy, y ahora echaba de menos esa emoción. Papá al fin había ido y había hecho esterilizar a Pompón. Su excusa fue que la querida señora se merecía unos pocos años para sí misma. Tracy sabía que la verdadera razón era que se había cansado de pasarse la vida tratando de encontrarles buenas casas a todos los gatitos. Sin embargo, a lo largo de los años Tracy había logrado convencerlo de que se quedara con unos cuantos.

Luego, ¡él había hecho operar a todos los gatos! Todos a la vez. Supuso que obtendría un descuento por volumen en el veterinario. Y lo obtuvo.

Parches era uno de los hijos de Pompón. Había perdido la mitad de la cola y una oreja en diversas peleas, y en la primavera, cuando mudaba su afelpado abrigo de invierno, se veía efectivamente como si estuviera hecho de retazos andrajosos.

Estaba Oliver, el gato de patas blancas; Ives, que vino de Nueva Jersey; Zigzag, un gato asustadizo de cabeza ladeada, y, por supuesto, Bengala. Llegó un buen día sin anunciarse. Simplemente atravesó el sendero, viniendo quién sabe de dónde, y al llegar al granero se hizo cargo de su gobierno, así nada más.

Había varios gatos catalogados como Sin Nombre. Eran antisociales, demasiado salvajes y esquivos para aceptar el contacto humano. Ni siquiera eran amigos de los demás gatos.

Tracy sabía con exactitud cuánto comían. Sabía cuánto se robaba Fred el gallo a lo largo del día. También sabía que Fred no comía en la noche.

Cada mañana, antes de que pasara el camión de la escuela, les daba de comer. Generalmente sobraba una buena cantidad de la noche anterior porque siempre les daba demasiado, o por lo menos más de lo que necesitaban.

Pero ahora ya nunca sobraba nada.

En las siguientes semanas se convenció de que el granero tenía un nuevo inquilino. No sólo no sobraba comida, sino que si entraba en el granero a una hora imprevista, a cualquier hora que no fuera la de la comida, a veces podía vislumbrar una sombra que era Gato, en lo alto del pajar o todavía más arriba, entre las vigas superiores. En ocasiones, cuando alcanzaba a entreverlo, se sentaba un rato en las escaleras y esperaba. Gato empezó poco a poco a asociar a Tracy con la llegada de la comida. Aunque desde luego nunca acudía con los demás gatos cuando les acababan de poner la comida, sí sentía la ansiedad de ellos y su confianza en presencia de la niñita. Observaba cómo se amontonaban todos en torno a ella y oía la amabilidad de su voz al hablar con ellos, uno por uno. Influyó mucho en él el afecto que le demostraban Pompón y Bengala.

Gradualmente empezó a perder la prisa por esconderse cuando ella aparecía en la puerta. Sabía cuando era Papá el que se acercaba al granero, porque retumbaba cuando él caminaba. Aunque la nieve estuviera particularmente blanda él podía distinguirlos: Papá abría las puertas mucho más rápido. Papá nunca alcanzó a ver a Gato.

Por lo menos al principio.

Una noche, ya tarde, en los primeros días de enero, tras acabarse la última croqueta, Gato se sentó en la puerta principal de cara a la fachada del granero y empezó a limpiarse. Tracy había olvidado cerrar las puertas y la luz de la luna se reflejaba en la nieve iluminando el interior del edificio. Pompón estaba agazapada frente a la puerta del almacén de granos escuchando atentamente a los ratones que se deslizaban cada noche por una grieta del suelo y se hartaban de maíz y avena. Sabían que ella estaba al otro lado de la puerta. No les importaba.

De pronto, apareció Papá. Gato no lo había oído venir. Ningún crujido en la nieve. Ningún rechinido de puertas. Su corazón se heló.

Por un instante.

Luego, la adrenalina lo inundó.

Sin dar un paso ni tomar impulso, el gato saltó al altillo del pajar y desapareció.

El hombre se quedó petrificado. Pensó que había visto lo que había visto, pero no era posible. No había gatos así de grandes. Tracy le había dicho que había descubierto un gato enorme, pero él lo había atribuido a la imaginación de la niña. No podía ser, pero era.

Se acercó a la pared y levantó la mano hasta la altura del pajar. ¡El gato había saltado dos metros y medio sin tocar la pared!

Sabía que no habría forma de sorprender de nuevo a aquella criatura, así que, con todo su asombro a cuestas, cerró las puertas y volvió a la casa.

¡Qué gato!

A Tracy le encantó el asunto. A la mañana siguiente Papá le contó lo ocurrido, y ese día en la escuela no pudo pensar en nada más que en Gato. Sabía para entonces que llevaba más de un mes allí, de manera que con probabilidad se quedaría el resto del invierno. La nieve era profunda ahora. Seguro que no dejaría la comodidad del granero y las comidas fijas en esta época del año.

Cuando llegó a casa esa tarde Tracy se puso su ropa de trabajo y emprendió su tarea más importante: llenar las cajas de leña de la casa. Los cuatro viajes a la leñera parecían tomar más tiempo que nunca. Cuando por fin terminó, tomó un plátano de la canasta de frutas y se apresuró hacia el granero. La temperatura descendía rápidamente ahora que el sol estaba bajando, y le resultaba difícil respirar profundo. En una hora o dos estarían a veinte bajo cero, mal momento para tomar aire.

Abrió las puertas tan quedo como pudo, se deslizó dentro y las cerró.

Se acostó boca arriba en medio del pasillo central y peló el plátano. Tracy había hecho esto mismo muchas veces en el bosque, con su padre.

Él le había enseñado que por lo general los animales no reconocen a los humanos cuando éstos se encuentran acostados. Algunos son muy curiosos, y si el viento va en su dirección y no pueden identificar a la persona por el olor, a menudo el animal se acercará bastante, si uno no se mueve.

Gato estaba tumbado en su mirador habitual en lo alto del pajar cuando Tracy entró en el granero; al verla entrar se ocultó. Pero no se produjeron los ruidos normales que ella hacía al ponerles de comer, ni les habló a los demás gatos, como era su costumbre hacer al llegar.

Gato se puso a escuchar, tratando de imaginarse qué estaba sucediendo allá abajo y, tras unos momentos de silencio, volvió a acercarse al borde de la paja. Vio una figura abultada tendida en el suelo. Una forma muy diferente de las de esas cosas de dos patas. Estaba allí, quieta y callada, y él no se sentía en modo alguno amenazado, ni siquiera cuando se movía de vez en cuando para morder el plátano.

La cabeza de Tracy estaba ligeramente vuelta hacia la derecha, pero desviaba los ojos lo más posible hacia arriba a la izquierda, para observar a Gato que estaba mirándola.

Era la primera vez que realmente podía verlo con claridad y aunque lo único que podía distinguir era su cabeza, el corazón le latía con fuerza. Los músculos del fondo de los ojos le dolían por el esfuerzo. Fue un alivio cuando Pompón se le subió en la panza y se acostó, agradecida de poder estar un rato sobre una alfombra-persona calientita. Tracy levantó despacio la mano que sostenía el plátano por encima de la gatita, la acarició con suavidad y Pompón respondió con un ronroneo. Gato lo oyó muy claramente y se adelantó un poco más.

Vio cómo Pompón aprovechaba con delicia esa posición, aplanándose sobre el anorak de Tracy para absorber todo el calor que se escapaba a través de la tela.

Bengala se fue acercando y, tras investigar diversas posibilidades, se trepó en las piernas de Tracy y se enroscó sobre ellas. Tracy se quedó muy quieta ahora, disfrutando la compañía de los dos gatos, pero todavía esforzándose por ver al gran gato negro que seguía mirándola desde lo alto del pajar.

Gato se tranquilizó más aún al ver la familiaridad con que sus dos amigos trataban a la niña. Todas las visitas que ella hacía al granero eran para ellos oportunidades de hacerse acariciar o alimentar, o las dos cosas. Esperaban y deseaban su llegada, eso era obvio, y Gato lo percibía. Se arrastró un poco más sobre la paca de paja y se tumbó, estirado a lo largo del borde mismo, para ver mejor.

Cuando pudo contemplar al gato en todo su tamaño, Tracy pensó asombrada que aquél debía ser el gato más grande de todo el mundo. ¡Las pacas eran como de un metro de largo y ese gato casi era tan largo como ellas, sin contar la cola! Se observaron el uno al otro. Tracy esperaba que el Gato se moviera para verlo todavía mejor. Él no lo hizo.

Sólo miraba.

Los demás gatos comenzaron a acercarse despacio. Salían de debajo del granero, donde se habían pasado el día investigando los lugares ratoniles. No eran gatos muy aventureros que digamos. Tal vez lo hubieran sido si la comida no apareciera automáticamente dos veces al día. Pero aparecía, de manera que no se les ocurría siquiera emprender gélidas cacerías invernales. A Bengala, en particular, le habría encantado tener una residencia de invierno en Florida. Era por lo general el primero en aprovechar cualquier comodidad que se presentara.

—*Raurrrr* —se quejó, cuando Tracy cambió levemente de postura. Ella ya se estaba congelando pese a toda la ropa que tenía puesta. La temperatura estaba llegando a niveles crueles allá afuera y el frío empezaba a deslizarse entre las duelas que tenía debajo. Se estremeció. No quería moverse. El gran gato había cambiado de postura varias veces mientras ella vigilaba, y eso le había permitido verlo bien. Ahora quería con desesperación quedarse más tiempo en el granero para intentar acercarse.

Tal vez incluso tocarlo.

Gato retrocedió tras el horizonte de paja en cuanto Tracy puso a Pompón en el suelo y se incorporó sobre el hombro para darle una palmadita a Bengala, y desapareció en el laberinto de pacas de paja, esta vez con un paso más tranquilo que hasta entonces.

Hora de darles de comer. Hora de darles de comer. Hora también de hacer la tarea. Tracy les puso grano a los caballos y a los borregos, llenó el comedero de los borregos con paja hasta el tope y dejó una cantidad especialmente grande de croquetas en los dos platos anaranjados. Ahora que había visto bien al gato nuevo, Tracy sabía que la comida habría desaparecido por la mañana. Ella lo sabía, y la comida en efecto había desaparecido al día siguiente.

Enero. El mes frío. Las criaturas refugiadas al abrigo del antiguo y rústico granero de invierno respiraban en breves jadeos mientras esperaban que los días entibiaran. La nieve siguió amontonándose hasta que sólo una criatura de largas piernas como Caballo pudo moverse a voluntad.

Los gatos tomaban el sol sobre la nieve apelmazada frente a las grandes puertas del granero durante unas cuantas horas, antes de que el sol se pusiera tras los árboles, y los borregos se apretujaban unos contra otros en una masa compacta, para proporcionarse calor mutuamente. También calentaban a otros.

Gallo pasaba la noche posado sobre su estufa de lana personal, y también lo hacía Oliver. Una vez que los borregos se acomodaban para pasar la noche, él se deslizaba entre las planchas del pesebre y trepaba con cuidado sobre una oveja, buscaba el lugar más plano y se quedaba enroscado, hasta que Gallo los despertaba a todos.

Enero fue terriblemente frío. Gato se fue volviendo más y más atrevido, más confiado en la rutina y el horario de la vida del granero. Durante el día, mientras Tracy estaba en la escuela y el Papá estaba ausente, se sentía libre para explorar.

Conocía bien el pajar. Se sabía de memoria todos los pasillos y los nichos ocultos entre las pacas. Había un taller lleno de tablas al lado opuesto del pajar, donde los ratones trataban de discurrir inadvertidos entre tablas y cajas de clavos, pintura y trebejos. Trebejos. Sólo cachivaches sobrantes de toda suerte de proyectos emprendidos a lo largo de los años.

En el primer piso, frente la construcción, estaba el almacén de granos. Durante la noche, Gato podía oír a los ratones y a alguna rata ocasional haciendo de las suyas allí, a salvo de los gatos. A salvo tras la puerta con cerrojo.

En la parte trasera, al lado del establo de los borregos, había dos tractores, una gran carreta de madera, algunas pilas de cadenas en el suelo y diversas máquinas pequeñas. Gato no sabía qué eran, sólo sabía que allí no había ningún

lugar cómodo para acostarse. Cosas duras y frías. A ninguno de los gatos le gustaban las cosas duras y frías.

Hacia el final del mes las ovejas hembras empezaron a ponerse inquietas. Bengala había estado durmiendo sobre alguna de ellas durante muchas de las noches más frías. Aquello intrigaba a Gato y finalmente decidió seguirlo para averiguar qué atractivo había en ello. Bengala se introdujo entre dos de las tablas del suelo, pero Gato sólo metió la cabeza y observó. Los borregos estaban todos acostados rumiando, con los ojos entrecerrados. Bengala avanzó hacia la oveja más próxima y, sin vacilar, se le trepó con cautela a la espalda. No hubo más reacción de la borrega salvo un satisfecho *muuu*.

Gato siguió mirando un momento y luego se deslizó por el hueco que dejaban las tablas. Aquellos eran los animales más grandes con los que jamás hubiera tenido contacto cercano. Tras penetrar en el establo se sentó cerca de la barda, y observó. Las ovejas parecían criaturas dóciles, pero olían bastante mal. A pesar de ello, Gato se aproximó a una que parecía bastante adormilada. Ella no le hizo el menor caso, ya que desde hacía años estaba acostumbrada a que todo tipo de gatos aprovechara su calor. El hecho de que éste fuera tres o cuatro veces más grande no representaba ninguna amenaza, y lo dejó acercarse. Él la olió por un lado, por arriba, por otro lado y, convencido de que era tan dócil como parecía, puso las dos zarpas delanteras sobre su costado y miró por encima.

No le gustó la sensación esponjosa del espeso y grasiento vellón, pero le atrajo mucho la tibieza que sintió emanar de ella. Cuidadosamente se tendió a su lado. A Gato no le hacía ninguna gracia el olor de la oveja, ni le gustaba el que despedía la mullida paja del suelo, pero aquélla fue la noche de enero más caliente de toda su vida.

Durante los días siguientes, el Papá vino al granero más seguido, para revisar el establo de las ovejas y observar atentamente a los lanudos animales. Gato suspendió sus rondas diurnas por el granero, porque nunca se sabía cuándo aparecería por la puerta el tipo de dos patas. Aunque se había familiarizado un poco con la niña, la visión de la alta figura de Papá lo helaba de terror. A excepción de Bengala y Pompón, los demás gatos también eran huidizos y esquivos cuando él andaba por allí.

Una noche, la oveja que Bengala había estado usando como colchón empezó a ponerse nerviosa. Su desasosiego despertó al gato y, cuando la oveja comenzó a mugir, él se marchó y fue a acomodarse con Gato junto a la oveja de éste. Ambos vieron cómo la oveja inquieta se levantaba, vagaba por ahí y volvía a tumbarse.

Repitió esos movimientos varias veces antes de echarse por última vez y empezar a jadear con roncos mugidos. ¡Aquel sonido fue demasiado! Tanto Bengala como Gato salieron disparados hacia el pajar. El gato amarillo volvió a sus rondas al día siguiente, pero Gato se mantuvo a distancia. A la mañana siguiente, el Papá estuvo entrando y saliendo sin cesar, lo que hacía imposible para Gato cualquier incursión al piso principal.

Tracy vino dos veces antes de que llegara el camión de la escuela, y el gato percibió su excitación cuando exclamó:

—¡Papi! ¡Papi! ¡Dos borreguitos! Ay, Papi, ¿de veras tengo que ir a la escuela hoy?

Gato vio desde arriba cómo Papi rodeaba a Tracy con un brazo y le decía algo con voz muy suave y queda.

—Ay, Papi... Mmm, bueeeno.

La niña contempló el establo de las ovejas un momento y luego salió despacio del granero.

Bengala había bajado antes de que Tracy se fuera. Otro tanto había hecho Pompón. Gato los vio sentados junto a la cerca, muy atentos a lo que ocurría dentro del establo. Tenía curiosidad, pero no iba a mostrarse mientras la cosa de dos patas anduviera por ahí. Ya sólo le quedaba un vago recuerdo de la explosión de la roca, pero la desconfianza por los seres de dos patas persistía en él y mantenía su instinto de supervivencia bien aguzado.

Durante ese día el viento cobró fuerza, y conforme cambiaba gradualmente de curso, de modo que en vez de venir del Sur empezó a soplar desde el Noroeste, trajo primero un anuncio de nieve y luego aumentó la concentración de los copos, hasta que ya no parecía haber espacio entre ellos. El aire fuera del granero se convirtió en una blanca nube giratoria y la visibilidad se redujo a poco más de un metro. Empezaron a formarse montoncitos de nieve allí donde el viento encontraba una grieta en la armadura de madera del granero. En la fachada el viento soplaba sin obstáculos a través del espacio entre las dos puertas formando una gran duna de nieve en el pasillo central. Los gatos estaban inquietos. Nunca habían visto a la nieve penetrar con tanta fuerza en el granero.

El Papá vino cantidad de veces ese día. Quitó la nieve de la puerta dos veces durante la tormenta e hizo varias visitas al establo de los borregos para asegurarse de que los borreguitos recién nacidos se estaban alimentando bien. Colocó dos lámparas de calor en el rincón para mantenerlos calientes, y revisó a otras ovejas para ver si se acercaban al momento del parto. Gato se mantenía al tanto de todo esto desde la viga del tercer piso, la favorita de Bengala.

Los temores del gran gato se fueron disipando aquel día, superados por su interés en las novedosas actividades que tenían lugar allá abajo. Sabía que el Papá lo había visto una vez, al echar un vistazo hacia arriba. La mirada de Gato se cruzó con la suya por un breve instante. El gato no se sintió amenazado.

Cuando Tracy volvió de la escuela, apareció abrigada como antes, y se pasó el resto de la tarde en el establo con los borreguitos.

Una vez dentro del establo, Gato no podía verla desde el pajar, de manera que descendió y alcanzó a Pompón en el descansillo de las escaleras. Desde allí ambos podían ver a Tracy sentada en el suelo junto a los dos recién nacidos. Los borreguitos estaban acurrucados, espalda contra espalda bajo las lámparas colgantes. Estaban cómodos y calientes a pesar del frío que se cernía fuera del tibio resplandor de la lámpara. De vez en cuando su madre se acercaba y lamía a sus crías de la cabeza a las patas. Lamía también a Tracy porque el olor de los borreguitos estaba en sus manos y en su ropa. Ella se quedaba muy quieta cuando la oveja se le aproximaba.

Bengala salió subrepticiamente por debajo de uno de los tractores, trepó por la cerca y se incorporó al pequeño grupo bajo las lámparas. Tracy pensó que venía a socializar. ¡En realidad lo que quería era un poco de ese adorable calorcito de la lámpara!

Gato oyó rasguños al otro lado de las puertas del granero. Sabía que eso significaba que el Papá estaba abriendo una nueva brecha entre la casa y el granero y que pronto aparecería, de manera que se retiró al pajar.

Tracy lo oyó también y se levantó de mala gana. Se hacía tarde para la hora de dar de comer a los animales.

Antes de dejar el granero la niña se dio cuenta de que otras dos ovejas habían empezado a dar paseos, y ella sabía qué quería decir eso.

Para cuando Tracy y su padre dejaron el granero, los gatos se habían zampado por lo menos la mitad de las croquetas. Gallo estaba también en la caja, picoteando primero una migaja de comida y luego a un gato, tratando de espantarlos de lo que pensaba que era comida para él solo. Su cresta temblaba de indignación cuando ellos se rehusaban a marcharse; siguió lanzando picotazos, hasta que los gatos más pequeños saltaron al suelo. Había mucha comida para Gallo.

¡*Irr-ir-ir-ir-irrrrrr*! Entonces Gato regresó al piso principal y saltó hacia la caja para tomar su parte. Gallo se quedó tieso un momento contemplando a Gato con mirada maléfica mientras el recién llegado masticaba grandes bocados de las croquetitas duras y secas. Su cresta empezó a temblar.

El gato se acabó lo que quedaba en el plato de la izquierda y empezó a comer del otro. Gallo miró el plato vacío y dio un rápido picotazo para pescar una migaja solitaria que había sobrado. Luego vio a Gato devorando el resto de la comida y, con un súbito golpe de alas, se elevó por encima de la caja y con las patas disparó media docena de rápidos golpes sobre el lomo de Gato.

El gran gato retrocedió sorprendido y se agazapó instintivamente para encarar al gallo. El pájaro pendenciero bajó la cabeza, con las plumas del cuello encrespadas al máximo y con la cresta tiesa atacó a Gato de nuevo.

Grave error.

Cuando el animal se le puso al alcance, Gato lanzó una zarpa, enganchó un ala y, con las dos patas delanteras, sujetó al impotente gallo contra las tablas.

Muchos urogallos habían terminado sus días en esa posición. El primer instinto del gato era comerse al pájaro. Pero ya estaba lleno de comida y, además, Gallo tenía un olor nada apetitoso.

En realidad, era un bicho bonitamente apestoso. Bonito, pero apestoso.

Gato abrió las fauces al máximo, mostrando un aterrador despliegue de dientes, y al mismo tiempo emitió una especie de gruñido y silbido que puso en estado de alerta a los demás gatos. Luego, con un vigoroso zarpazo, lanzó a Gallo lejos de la caja, disparado hasta el lado opuesto del pasillo central. El pájaro dio en la pared con un golpe seco y cayó al suelo. Se incorporó, se acomodó las plumas ruidosamente y se retiró a grandes zancadas y cojeando un poco, para recomponer su dignidad en algún lugar más privado.

Gato dio cuenta de la comida de gatos que quedaba, probablemente por cuestión de principios.

Más tarde Tracy volvió al granero. Había convencido a sus padres de que la dejaran quedarse unas horas, para ver si nacía algún borreguito. Nunca los había visto nacer. Argumentó insistiendo en el aspecto educativo de la experiencia. Ellos nada más sonrieron y dijeron:—Bueno.

Para entonces hacía mucho frío y ella se abrigó más que nunca: llevaba dos pares de calcetines de lana y botas forradas de fieltro, ropa interior larga, un par de pantalones de deporte bajo los pesados pantalones de lana, una sudadera sobre una camisa de lana y encima de todo un anorak. En las manos llevaba un par de guantes de piel de venado con forro de lana y en la cabeza una capucha gruesa hecha de la lana de sus propias ovejas. Se metió un plátano en el bolsillo y salió.

Los gatos todavía andaban vagando por ahí cuando ella entró. Pompón y Bengala estaban con los borregos, los demás permanecían acostados en lo alto de las escaleras. Tenían la costumbre de reunirse antes de retirarse a dormir. Gato todavía se hallaba en la caja cuando Tracy entró por la puerta.

Estaba de espaldas a ella. Cuando oyó el primer paso sobre el suelo de madera saltó a las escaleras y de nuevo hasta el descansillo. Se agazapó tras los demás gatos y miró, mientras la niña observaba al grupo.

¡Nunca lo había visto tan bien como ahora! Aunque se agachaba tanto como podía, quedaba mucha parte de él bien visible.

Lo contempló un momento y luego, para no intimidarlo, caminó lentamente a lo largo del muro del lado opuesto, hacia el establo de las ovejas. Los gatos la siguieron con la mirada hasta que se perdió de vista. Gato no intentó correr a esconderse.

Tracy se trepó al pesebre de paja para esperar el gran acontecimiento y se tendió cuan larga era. El ruido de los borregos era tranquilizador, el calor de las lámparas hacía menos cortante el frío y, antes de que se diera cuenta de que le estaba dando sueño, Tracy se quedó profundamente dormida.

Gato esperó más de una hora antes de bajar las escaleras y alcanzar a Bengala y Pompón en el establo de los borregos. Hacía mucho que los demás gatos estaban en sus camas, y él tenía frío. Se introdujo por la cerca y se unió al grupo que rodeaba la lámpara, sin ver a la niña dormida sobre el pesebre, a unos pasos de distancia.

De vez en cuando alguno de los borreguitos lanzaba un débil *maa*, pero Gato ya se estaba acostumbrando a eso. A lo que no estaba acostumbrado era a que se le acercara una oveja. Cuando ella acudió para responder al llamado de su cría y el borreguito se levantó vacilante sobre sus patas, Gato se escurrió bajo el pesebre y contempló desde allí cómo el borreguito se tambaleaba buscando su comida a lo largo del costado de la oveja. Cuando encontró la ubre, respondió con topetazos y golpecitos de morro para hacer salir la leche.

Otras dos ovejas andaban de aquí para allá, jadeando y gimiendo, preparándose para dar a luz, y Tracy siguió dormida.

Dos parejas de gemelos nacieron en las pocas horas siguientes. Las madres los limpiaron a lametones, pero el segundo de cada par no venía tan vivo como su gemelo. Los dos primogénitos estaban de pie menos de una hora más tarde, buscando leche. Los otros dos se quedaron tumbados lejos de la lámpara, pegados uno al otro pero temblando de frío. Gato lo observaba todo.

En el pesebre, encima de Gato, la niña dormida cambió de postura imperceptiblemente, y él se tensó alarmado, listo para huir. La mano enguantada se deslizó entre las planchas de madera. Él vaciló, se incorporó un poco y olisqueó la punta del guante: olía a borreguito. No había peligro allí. La respiración acompasada de la niña lo tranquilizó y se acomodó de nuevo en la paja que había debajo de ella para mirar.

—Tracy, cariño... Tracy. Despiértate, cariño.

Gato se quedó helado.

¡El Papá estaba ahí!

Cuando entró en el establo, lo único que Gato vio a través de la cortina de paja que colgaba frente al pesebre era la parte inferior de dos largas piernas. Dos piernas. ¡Las piernas del Papá! El corazón de Gato latía furiosamente.

—¡Diablos! —exclamó el hombre cuando vio a los dos borreguitos abandonados—. ¡Demonio de ovejas!

Recogió los dos bultitos tiritantes y los acomodó con suavidad junto a los otros dos, bajo las lámparas.

—¡Fuera, gatos!

Ante la orden, Bengala y Pompón abandonaron raudos el establo.

—Despierta, Trace —repitió suavemente.

El gran gato siguió rígido, invisible bajo el comedero, mientras el padre levantaba a la niñita en sus brazos.

—Oh, Papá, más borreguitos —y se quedó dormida de nuevo. Pronto los pasos le advirtieron a Gato que el granero era todo suyo.

Se deslizó junto a los dos borreguitos abandonados, con cuidado para que la oveja no fuera a considerarlo una amenaza. Los olió atentamente de la cabeza a los pies y, por razones desconocidas, se acostó junto a uno y se puso a lamerle la cara al otro. Empezó en la parte superior de un ojo y cuando había recorrido la cara, hasta llegar a la barbilla, el delicado animalito soltó un débil *maaa...*

Durante los tres días siguientes, Tracy y su padre siguieron viniendo al granero cada cuatro horas para alimentar con botella a los borreguitos abandonados, y cada vez, o más bien, cuando lograban entrar en el granero sin hacer ruido, descubrían al enorme gato negro acostado con los borreguitos. Cuando aparecieron la primera vez, el gato saltó presa del pánico fuera del establo y se escondió en el pasillo central bajo las máquinas. No lo buscaron. En cada visita sucesiva el gato parecía marcharse con un poco menos de prisa, ¡pero sin falta se marchaba! Decidieron no presionarlo una vez que hubiera salido del establo, aunque Tracy quería desesperadamente acercarse lo más posible a él. Su padre le advirtió que eso sólo haría que Gato se retrajera aún más.

Por fin se logró que los borreguitos mamaran de una cubeta con varias mamilas pegadas a los lados, y eso hizo que terminaran las constantes perturbaciones al sistema nervioso de Gato.

Les había tomado cariño a los borreguitos, a la tibieza de las lámparas y, en especial, a la fórmula de la cubeta con mamilas. El balde estaba firmemente clavado en un gran poste y situado a la altura exacta de Gato. Si se paraba sobre las patas traseras y se apoyaba en el borde con las delanteras, podía meter la cabeza dentro casi hasta la mitad. La leche era tibia y nutritiva. Un buen complemento de la sustancia seca que había en los platos de los gatos.

Los únicos gatos que se aventuraban con él en el establo de las ovejas eran Pompón y Bengala, y no eran lo bastante grandes para beber de la cubeta. Así que cuando Gato terminaba, se acostaba con ellos bajo la lámpara y ellos lamían las dos o tres gotas que hubieran salpicado su brillante abrigo negro. A veces estaba limpio, y la decepción asomaba en los ojos de los otros dos.

Pasó una semana, y Gato se acostumbró a las idas y venidas de Tracy. Nunca a su padre. Ella venía al establo y se quedaba junto a la cerca en silencio, y él permanecía debajo de la lámpara. Bengala siempre la saludaba con un *raurrrr*. Si Pompón estaba allí se frotaba contra las piernas de la niña y ronroneaba en solicitud de otra amable y suave palmada.

Tras el nacimiento de una docena de borreguitos el establo ya no resultaba un lugar tan pacífico. Era demasiado ruidoso. Demasiado ruidoso y muy maloliente también. Gato se acostumbró a los constantes movimientos y a las vocecitas que pedían comida o se quejaban del frío. Al mes de vida los borreguitos parecieron adquirir resortes en las piernas. Eso era lo que tenían: sin avisar para nada brincaban, ¡brincaban! ¡Y brincaban...! ¡Con todas las patas en el aire al mismo tiempo! Gato se encontró agachándose para evitar las patadas cuando los brincos les salían chuecos.

Gato y Bengala dormían con los borregos, porque el calor de las lámparas era una tentación constante. A veces encima, a veces enterrados bajo un montón de cuerpecitos ensortijados, los dos gatos dormían profundamente y bien calientes.

Una noche muy tarde, debe haber sido una noche de fin de semana, Tracy vino al establo y nadie se despertó. Bueno, uno o dos borreguitos hacían ruidos soñolientos, o alguna vieja oveja lanzaba un quejido, pero ésos eran ruidos naturales. Vio a Gato, medio enterrado entre unos borregos, con sólo la cabeza y un hombro a la vista... y parte de una pata trasera.

Reteniendo el aliento, alargó el brazo muy despacio a través de la cerca, pero retiró la mano rápidamente cuando Gato agitó una oreja. Lo intentó de nuevo. Esta vez puso los dedos con suavidad en el hombro del gato. Él movió un bigote, tal vez soñando con Ardilla, o con Rana, o con Lechuza. Gato abrió un ojo despacio. Sintió la presión de los borregos alrededor y el pulso de media docena de pequeños corazones; luego vio la cara que Bengala y Pompón tanto amaban, enmarcada en un gorro de piel de oveja. Su corazón siguió tranquilo. Gato estaba bien abrigado y su ojo se cerró de nuevo lentamente.

Durante las semanas siguientes Tracy continuó visitando el granero siempre que podía, para jugar con los borreguitos y para ver a Gato. Él estaba casi siempre en el establo y si Bengala o Pompón estaban con él, nunca parecía tener miedo cuando ella se acercaba. A menudo ella metía la mano para acariciar a los dos gatos mansos y pasaba los dedos cuidadosa y suavemente sobre el más grande cuando él se distraía con un borrego o una oveja. Esto sucedía con frecuencia. Nunca lo presionaba si pensaba que no estaba de un

humor receptivo, y sus nervios respondían: ya no se sentía amenazado. Por lo menos no por la niña. El Papá era un asunto por completo distinto.

Una noche, durante el deshielo de enero, una noche de calor inhabitual, la población de gatos estaba reposando en el descansillo de la escalera cuando Tracy vino a dar de comer a los animales. Gato estaba allí también. Ella les puso pienso a los caballos y a las ovejas y llenó los platos de los gatos; luego subió pausadamente las escaleras, hablándoles todo el tiempo a Pompón y a Bengala. El gran gato se retrajo un poco cuando la cabeza de ella apareció arriba del nivel del descansillo. Retrocedió poco a poco, sin quitarle los ojos de encima, hasta que se topó con la pared del almacén. La inesperada presión le hizo latir fuerte el corazón, pero no intentó escapar.

Tracy no lo miró; en cambio, se dio vuelta despacio y con mucho cuidado se sentó en el descansillo. Inmediatamente Pompón y Bengala reclamaron su atención, ronroneando y restregándosele: todo un espectáculo.

Los demás gatos querían comer. Uno por uno se deslizaron hacia la escalera y bajaron.

Gato se levantó de su posición y se quedó sentado mirando a los tres que seguían en lo suyo frente a él. Tracy se dejó caer hacia atrás, sobre los codos, y los dos gatos se treparon enseguida sobre ella y se acomodaron confortablemente.

La amabilidad de que hasta entonces había sido testigo condicionaba a Gato para que se olvidara de toda amenaza, y finalmente se convenció de que ningún peligro se escondía en aquella niñita.

Gato se puso en pie y se aproximó a ella paso a paso.

No hizo ruido alguno.

Cuando estuvo bastante cerca se estiró y equilibrando casi todo su peso sobre las patas delanteras, se agachó para olisquear la parte de atrás del brazo de la niña. Bengala retorció el cuello para mirar cómo Gato exploraba tentativamente la espalda de la niña con la nariz y los bigotes.

Ella olía a borregos, olía a comida y olía a gatos. Muchos gatos. Salpicados entre todos esos olores conocidos había también unos pocos rastros de Niña.

Ella sabía que Gato estaba ahí, y no se movió.

El gran gato se alzó en todo su tamaño, reunió todas sus dignidades felinas y, escogiendo con delicadeza su camino entre los tres compañeros, bajó las escaleras.

A Tracy se le subió el corazón a la garganta cuando se dio cuenta de que el gato seguía de largo. Temerosa de mover la cabeza, por no asustarlo, volvió los ojos lo más que pudo hacia ese lado. Gato pasó tan cerca como para frotarse contra su brazo y luego contra su costado. Bengala deslizó su mejilla sobre el gran lomo negro conforme pasaba y, justo cuando Gato ponía la pata en el primer escalón, Tracy movió la mano. Con el dorso, palpó la lustrosa pelambre negra que resbalaba alejándose.

Gato sintió la mano y conforme ésta recorría su cola, volvió la cabeza para mirar a la niña directo a los ojos.

No tenía miedo. ❖

Capítulo siete

❖ LA TEMPERATURA había subido en los últimos días y eso hacía que Gato se sintiera inquieto. Las aburridas croquetas que aparecían todos los días también lo ponían nervioso. A la cubeta de los borregos huérfanos le habían puesto una tapa. El Papá dijo que Gato estaba probando la leche con demasiada frecuencia, y era verdad. Se le había formado una capa de grasa bajo la piel, un problema más frecuente en sus congéneres domésticos.

Una mañana, cuando ya Gallo había hecho sus declaraciones del día, Gato oyó a lo lejos, en dirección al pantano, la charla de Cuervo. Por mucho que le gustara la comodidad del granero, la amistad de Bengala y Pompón y el contacto con Tracy, extrañaba la soledad de su antigua vida. Añoraba el limpio olor de los abetos en la lluvia y el agua dulce que salía burbujeando de la tierra.

Cuervo habló de nuevo, y le recordó a Gato las libertades que habían compartido más allá de aquellos muros: ir de caza, merodear, vigilar a un grupo de castores entregados al trabajo. Se había contentado con croquetas y leche, pero ahora pensaba en devorar gordos y jugosos urogallos.

Esa noche, cuando todos en el granero dormían y nada se movía, Gato salió por las grandes puertas delanteras. Siguió sin vacilar el muro que lo había conducido aquí, la noche en que Pompón y él llegaron. Vio la luz en la ventana de la parte de atrás de la casa, pero ahora ya no lo perturbaba. La nieve se había derretido durante los largos días de deshielo. Sólo quedaban manchones: recordatorios de los durísimos días de viento cortante y breves inhalaciones rápidas. Gato avanzó con cómodos pasos sobre las hojas húmedas, las agujas de los pinos y las rocas cubiertas de liquen.

Sin hacer ruido.

Saltó sobre el muro que llevaba a los abedules y se dirigió directamente hacia los profundos bosques de pinos. Sólo había avanzado unos metros cuando oyó un ruido y se detuvo. Escuchó. Era el rechinido de una rama que raspaba contra otra de un árbol hermano. Liebre y Urogallo lo llamaban más allá de los pinos, allá en el oscuro bosque de abetos, y Gato siguió adelante con un trotecito un tanto doméstico, un poco torpe. No tenía miedo.

Ahora la nieve era más profunda, pero suave, a veces un poco demasiado líquida para el gusto del gato. Se hallaba entre los abetos, donde Liebre correteaba buscando algo de comer y a veces un urogallo era lo bastante tonto para volar demasiado bajo. Las croquetas parecían ya un elemento del pasado cuando Gato pasó por debajo de la rama inferior de un abeto y se detuvo.

Ante él, en un claro de dos metros entre tres árboles, un objeto colgaba de una cuerda en alto. Nunca había visto una cosa así. Parecía un palo, o tal vez un hueso, y colgaba a más de un metro sobre la nieve.

Aquél era un enigma. No cabía en el plan de las cosas naturales. Era una intrusión: casi como un signo de exclamación en la circundante suavidad de los árboles de contornos inciertos, apenas visibles en la luz difusa. Gato examinó el objeto que colgaba de la cuerda con curiosidad.

Se acercó a él dando vueltas lentamente, para analizar mejor todos los lados del objeto que pendía de la cuerda. Un palmo bajo la nieve, un tronco caído formaba un escalón alargado que atravesaba de lado a lado el claro. Gato trepó sobre él y se acercó al palo. Tras minucioso escrutinio vio que no era un palo, sino más bien un hueso seco. Tenía delgadas fibras de carne seca firmemente adheridas al extremo inferior; casi no tenían olor. Apenas lo suficiente para encender el interés de Gato.

Se acercó aún más y se levantó sobre las patas traseras para medir la distancia. El hueso no pendía tan alto para que no pudiera alcanzarlo con las patas delanteras bien estiradas. El gato se alzó de nuevo. Esta vez agarró el hueso y trató de jalarlo hacia abajo, pero la rama a la que estaba atado era demasiado flexible y la cuerda no se rompía. Lo soltó y el hueso saltó en el aire como disparado por una resortera y volvió luego a su posición original sobre el tronco, balanceándose despacio... como llamándolo.

Gato había resbalado del tronco al soltar el hueso y ahora estaba de pie en el suelo, frustrado. Pero no se quedó así mucho tiempo.

Decidido a conseguir aquel hueso, el gato volvió a subir al tronco y se le acercó de nuevo. Se irguió, sujetó el hueso con las zarpas, tiró de él hacia sí y esta vez lo asió también firmemente con los dientes. Sólidamente agarrado de ese modo, añadió todo su peso al tirón.

La rama se curvó hasta el límite, se tensó y le proporcionó la resistencia que necesitaba. Jaló con fuerza, los músculos del cuello y la espalda esforzándose por romper la cuerda mientras luchaba por conservar el equilibrio sobre el tronco. De repente escuchó un *clic* apagado. Algo lo golpeó con fuerza en la pata trasera derecha, pero por uno o dos segundos siguió tan entregado a la tarea de recuperar el hueso que no registró el impacto. Luego sintió una resistencia en ese punto. Estaba atrapado en algo. Unas cuantas veces en su vida había quedado atascado o atrapado en algunas cosas, de manera que aquello no despertó en él ninguna reacción particular fuera de cierta molestia.

Todavía prendido con firmeza del hueso, Gato sacudió con fuerza la pata, para liberarla de aquel peso. ¡Entonces un latigazo de dolor recorrió la pata! Un dolor que no se asemejaba a ningún otro que hubiera experimentado jamás, mayor que el de las rocas en explosión o el de las garras de Búho. Cayó del tronco entre quejidos explosivos, sacudiendo convulsivamente la pata cautiva. Nieve, cortezas y agujas de abeto volaron por el aire, mientras el gato luchaba por escapar, presa del pánico.

Una pequeña trampa de acero lo retenía. Una trampa destinada a Marta Cibelina. Marta: el segundo miembro mayor de la familia de las comadrejas, de más de siete kilos de peso, cuyo lujoso abrigo negro la convertía en objeto principal del comercio de los tramperos. Los demás cepos habían sido recogidos por el trampero al final de la temporada, pero ése se le había olvidado, sin tenerlo en cuenta, y seguía allí. El hueso colgado de la cuerda había sido el cebo, pero sólo habían acudido a él los pájaros carpinteros y el frío aire invernal. Ahora el hueso colgaba muy alto, burlón, sobre el gato herido.

Presa de absoluto pánico, Gato se contorsionaba como una anguila pendiente del anzuelo, retorciendo la cadena que lo retenía. Los eslabones se enroscaban sobre sí mismos, arrastrándolo más y más hacia el tronco al que se anclaba la trampa, hasta dejarlo agarrotado contra la madera sólida. Con gran esfuerzo empujó el tronco con la pata izquierda que tenía libre. Las fauces de la oxidada trampa rasgaron su pata derecha, arrancando pelo y piel del frágil hueso.

Todavía bien sujeto, el gato herido se tumbó de lado jadeando, incapaz de comprender.

La trampa había bajado hasta su pie y ahora sus fauces se cerraron más al entrar en contacto con los huesos más pequeños. La parte de la pata que tenía la piel desgarrada quemaba, pero apenas había perdido sangre. Ahora el dolor era un poco más leve, en comparación con el terror de estar atrapado, el terror a lo desconocido.

Gato intentó mover la pierna de nuevo y, tras sentir la resistencia de la trampa en el pie, montó en cólera y se puso a morder y arañar la insultante pieza de metal. Un diente se le partió por la mitad y el nervio quedó al descubierto; como resultado el dolor le taladró el cerebro como una llamarada. Se desplomó de nuevo, exhausto.

Gato se quedó allí tirado durante más de una hora. La nieve que se derretía debajo de él iba empapándole poco a poco la piel y el frío le penetraba hasta los huesos. Descubrió que mientras no moviera la pierna el dolor del pie era soportable. La trampa había cortado la circulación de la sangre hacia los dedos. Los nervios estaban desgarrados y muertos. ¡Pero no así el nervio del diente!

Marta rondaba por ahí desde antes de que Gato cayera en la trampa destinada a ella. Andaba sin rumbo fijo por la nieve, con la idea de cenar puerco espín, su comida favorita, cuando oyó los roncos quejidos del gato atrapado. La voz era familiar, y bien debía serlo. Porque cuando el puerco espín andaba escaso, Marta solía merendarse los gatos domésticos que con frecuencia se aventuraban de noche por el bosque. Sus quejidos eran similares a los que acababa de oír, tal vez un poco más agudos.

Se encaminó con osadía hacia aquel sonido. La cautela no formaba parte de la estrategia de caza de Marta. Era imprudente y atrevida entre la persecución de la presa; y la seguía por el suelo o entre los árboles, sin temor, porque no había nada en aquellos bosques que pudiera desafiar su naturaleza asesina.

Al acercarse al claro, Marta trepó a los árboles, saltando de uno a otro por las ramas entremezcladas. Puñados de nieve caían al suelo a su paso, produciendo una sinfonía de murmullos al deshacerse contra las ramas inferiores.

Gato oyó. A través de la niebla de confusión y dolor que lo envolvía, oyó.

Sus sentidos se aguzaron. Se dio vuelta sobre el costado para encarar el sonido, y el movimiento le produjo un agudo dolor en la pata atrapada. No podía levantarse. Los eslabones retorcidos tenían la trampa estrechamente uncida al tronco. Trató de enfocar con sus dorados ojos adoloridos.

Marta estaba cerca ahora. Oyó el tintineo de la cadena que provocó Gato al moverse. Saltó de la rama al extremo del tronco caído en el punto en que éste desaparecía bajo el árbol, y se detuvo. Desde donde estaba podía ver con claridad al gato cautivo.

¡Gato! Para la marta, un gato era una presa fácil. Pero, como Búho, se equivocó en el cálculo del tamaño relativo y se lanzó temerariamente al ataque.

Gato había visto al esbelto y liso animal saltar sobre el tronco. Sabía que estaba en peligro y trató de acondicionar su cuerpo para enfrentar la amenaza.

Mientras él procuraba alzarse sobre las patas delanteras sanas, la marta saltó sobre el gran gato y lo derribó de costado, sobre la nieve. Hundió los dientes en el cuello de Gato y juntos rodaron dos veces en una nube de dientes y garras.

Con la zarpa derecha, Gato abrió cuatro profundos desgarrones en el costado izquierdo de su enemiga, y la sorpresa hizo que Marta lo soltara. La furia no le permitió sentir el dolor, pero las cuatro heridas empezaron a manar sangre enrojeciendo la nieve.

Al rodar ambos por el suelo, algunos eslabones se desenredaron y Gato

pudo ponerse en pie. La intrusa vaciló ante el inesperado tamaño de la fiera que tenía ante ella pero, fiel a su especie, atacó de nuevo, aunque con menos decisión que antes.

Esta vez el agotado gato estaba preparado. La marta atacó y Gato le clavó profundamente cuatro garras y jaló al aullante animal hacia sí. Le hundió los dientes bajo la quijada cerrando el paso del aire y, con movimientos convulsivos de las poderosas patas traseras, arañó las partes inferiores de Marta como si rastrillara, hasta que el animal quedó como cubierto de listones rojos.

Gato permaneció inmóvil unos instantes sobre el suelo empapado en sangre, todavía sujetando fuertemente a la marta muerta. Poco a poco su corazón se serenó, y el dolor sustituyó a la furia conforme recuperaba la conciencia de su diente roto y su pata destrozada.

¡La pata! ¡Estaba libre!

En el momento en que sus patas traseras tuvieron que sostenerlo, Gato había tirado de ellas con tal fuerza que los dedos se habían soltado. Se desprendió del cuerpo de Marta y trató de sentarse. Al hacerlo, una oleada de mareo lo forzó a tumbarse de nuevo y una tibia náusea inundó su garganta. Reacomodó su cuerpo y miró la pata. O más bien el dedo que quedaba. Tres se habían quedado en las fauces del cepo.

Gato no podía alcanzar las perforaciones que tenía en el cuello, pero podía enroscarse lo bastante para alcanzar su pie, lo cual hizo, y limpió todos los rastros de suciedad, y de Marta.

Nada más lejos de su mente en ese momento que el hambre. Refugio. Refugio era lo que más necesitaba.

Gato se levantó con lentitud y esfuerzo sobre las tres patas sanas y se arrastró trabajosamente a lo largo del tronco. En el extremo opuesto a aquél por el que había llegado Marta, el tronco continuaba bajo un abeto y más allá de éste. El árbol se había desgajado y, en su extremo, las raíces arrancadas se alzaban hacia el cielo. Allí Gato encontró un improvisado refugio, limpio de nieve, entre tres pedruscos que no habían bastado para sostener las raíces durante una tormenta.

Se arrastró como pudo hacia adentro, hizo lo posible por enroscarse en una postura cómoda y se durmió. ❖

Capítulo ocho

❖ *Irrr-ir-ir-irrrrrrrr.*

El sonido familiar despabiló a Gato.

No había dormido bien en absoluto. El diente aún le punzaba y el pie destrozado era todo él dolor. Había dejado de manar sangre, pero cada vez que cambiaba de posición así fuera un poco, el dolor lo hacía respingar.

Durante la batalla, su piel había recogido copos de nieve que durante la noche se fueron derritiendo y dejándolo empapado. Aunque no hacía demasiado frío, a ratos tiritaba espasmódicamente.

Gato consiguió levantar la cabeza. No sentía las heridas del cuello, pero tenía los músculos rígidos y adoloridos de manera que ese simple movimiento representaba un esfuerzo que no deseaba repetir.

Se pasó el día a la deriva entre la vigilia y el sueño, tratando de no moverse. De vez en cuando una piedrecilla o una raíz del suelo lo molestaban y lo obligaban a cambiar de postura, de manera que el dolor se despertaba de nuevo.

Al anochecer, empezaron a apoderarse de Gato oleadas alternantes de frío

y calor. La piel se había secado, pero un simple abrigo de pelo no podía tener a raya los escalofríos que ahora lo recorrían. El agotamiento extremo había disminuido su resistencia y su sistema se hallaba indefenso ante la infección de las heridas. La causa no era el pie desgarrado. Las garras y los dientes de Marta eran la cosa más séptica del bosque, y las bacterias adheridas a ellos invadían el cuerpo de Gato sin encontrar oposición.

Siguió tendido entre las rocas, entrando y saliendo de la inconsciencia, mientras en su mente nublada giraban imágenes de borregos, martas, amables gatos y niñitas. Luchó durante toda la noche y todo el día siguiente.

Gato nunca había estado enfermo, ni jamás había dejado de sentirse consciente y alerta. Ahora, imposibilitado por sus lesiones y por la infección, con la mente nublada de fiebre, el enorme gato se hallaba perplejo. Durante los breves momentos de lucidez que disfrutaba, sentía hambre y soledad.

Y miedo.

En lo más hondo de su ser latía todavía el instinto de supervivencia, y lo hacía sentir vulnerable donde estaba. Lo hacía reconocer su inseguridad y su miedo, y le imponía imágenes de gatos tibios, palabras suaves y cuevas en la paja.

Ya era de noche otra vez cuando ese instinto se apoderó de su cuerpo y lo obligó a levantarse; salió por debajo de la raíz como un autómata. Su cuerpo debilitado gritó, desde cada músculo y cada articulación, que prefería que lo dejaran atrás. Que lo dejaran en paz. Que lo dejaran en paz... para morir.

Gato caminó lentamente, impedido por el dolor de la pata lisiada, inválido, apenas consciente de que, a trocitos y pedacitos, el suelo se iba mo-

viendo poco a poco debajo de él. Siguiendo el tronco, pasó junto al contraído cadáver de Marta, pero no se dio cuenta.

Recorrió en sentido inverso la ruta que había seguido dos noches atrás, aunque sólo por casualidad, siguiendo el flujo natural del terreno que marcaba la vía más fácil a través del bosque de abetos. Pero cuando llegó al pino, una serie de sonidos familiares llegaron hasta él.

Un martilleo. Pezuñas. El ruido de los cascos de los caballos que esperaban con impaciencia la llegada del pienso de la tarde pateando el suelo de madera del granero.

Gato encaró aquellos sonidos. Obligó a moverse a sus patas delanteras, apoyó su peso en ellas, luego hizo saltar hacia adelante las patas traseras. Delante derecha, delante izquierda y salto. Derecha, izquierda y salto. Al completar cada una de esas trabajosas secuencias Gato se acercaba dos palmos más a la seguridad. A diferencia de lo que ocurría en la espesura de los abetos, la cubierta de nieve que había entre los pinos casi había desaparecido y cada uno de sus cautelosos pasos encontraba terreno sólido; esto le daba a Gato una idea clara de su progreso, y a su empantanado cerebro contacto con el mundo exterior. Luego, un apagado estruendo: las puertas del granero habían quedado cerradas para la noche. Aún iba en la dirección correcta.

El gato siguió avanzando con trabajo, centímetro a centímetro. Por momentos tropezaba y casi caía, y si esto hubiera ocurrido, muy probablemente habría acabado por morir en el sitio. Seguir moviéndose. Sobrevivir. No era algo que pudiera hacer conscientemente. Era instintivo: compulsiones dictadas por un corazón valeroso.

Gato se arrastró a través de un hueco en el muro que recorría la parte de atrás de la casa y, una vez dentro, un cálido reguero de luz que procedía de la ventana de la cocina lo alentó a seguir.

El trayecto desde ahí hasta el granero, que le había tomado sólo unos minutos la primera vez que Pompón lo llevó allí, ahora requirió más de una hora. Gato por fin llegó a la conocida abertura en los cimientos del granero, y con las patas delanteras izó la parte superior de su cuerpo a través del agujero. Por un momento se quedó ahí, quieto, exhausto.

Para entonces ya casi nada tenía sentido para Gato. No tenía pensamiento racional, sólo un ansia poderosa de estar a salvo. Siguió luchando, hasta sacar su parte inferior de entre las viejas piedras. Alzándose sobre las patas delanteras, intentó recoger debajo de sí la pata trasera sana, pero no le obedecía. Cayó de lado contra un rollo de alambre de púas oxidado, y se desplomó en el suelo.

Tras descansar un momento el gato volvió a erguirse. Apenas consciente y atraído por el ruido de los cascos sobre la madera, siguió el camino de su primera llegada al granero, trepando por los escalones, cuesta arriba, hacia la fachada. Se golpeó la cabeza con una viga de encino, pero apenas se dio cuenta. Su inconsciente sí lo hizo. Lo obligó a dirigirse a la derecha, lo guió, lo empujó a arrastrarse entre dos vigas que llevaban al muro de los cimientos. Para entonces Gato no estaba lo bastante despierto para ver, pero la textura de la paja contra su pecho le indicó que estaba a salvo. ❖

Capítulo nueve

❖ A LA MAÑANA siguiente de la noche en que Gato partió hacia el bosque, Tracy se entristeció al no verlo cuando vino al granero a dar de comer a los animales. Ya contaba con poder tocarlo de nuevo. La noche anterior, al irse a la cama, había pensado mucho en él. Se preguntó cuánto tiempo tendría que esperar para poder tenerlo en su regazo. Trató de imaginarse qué se sentiría con un gato así de grande en las piernas. O bajo su chamarra, o... incluso acurrucado a los pies de su cama, o... y las posibilidades siguieron y siguieron, hasta que al fin se quedó dormida.

Primero buscó en el establo de las ovejas, luego subió al pajar y miró en cada rincón y cada grieta. Los conocía todos muy bien. Ninguna mamá gata había logrado esconderle su camada de gatitos a Tracy. Allí estaban Bengala y Pompón, como siempre, y los demás gatos vagaban también por ahí. Pero en ninguna parte había rastros del gran gato negro.

Llegó el camión de la escuela.

Aquella noche lo buscó de nuevo. Nada de Gato. El día siguiente era sábado. Volvió a mirar en todos los sitios donde ya había buscado, e incluso puso una escalera contra la pared del taller de carpintería y subió hasta el nivel del tercer piso donde Bengala solía dormir. Pero allí no había nada más que un montón de tubos de estufa, aislantes que habían sobrado y porquería de murciélago. ¡Fuchi!

Le preguntó a su papá si había visto al gato en algún lado, pero él tampoco lo había visto.

—Es un gato salvaje y seguramente se ha ido de paseo a ver a una dama.

Ella sabía que eso bien podía ser cierto. Antes de que todos los gatitos fueran operados, a cada rato llegaba un macho de procedencia desconocida, se quedaba por unos días y luego desaparecía, retornaba a su hogar. Ella lo sabía. Gato regresaría. Ella sabía que tenía que regresar.

Pasaron varios días, luego una semana. Sus esperanzas de volver a ver a Gato se debilitaban más y más con cada visita al granero.

¡Lo que no sabía era que Pompón ya había encontrado a Gato!

Al día siguiente de su arduo viaje de regreso, Bengala y Pompón partieron a una de sus expediciones deportivas para cazar ratones. El sol había derretido toda la nieve que cubría la pared de piedra entre el granero y la casa, y allí fueron primero. Cada uno de los gatos se acomodó sobre una tibia piedra de tamaño y forma adecuados y esperaron. Bueno... vigilaron el terreno que rodeaba la base del muro durante un rato, pero al poco tiempo sus ojos se entrecerraron y los dos se pusieron a dormir cómodamente.

Cuando despertaron, bajaron del muro y enfilaron hasta la gran plataforma de piedra que recorría el costado del granero. Los dos gatos investigaron todos los nichos y grietas que dejaban las piedras, buscando la delatora punta de la cola o del bigote de un ratón. La única cosa que Pompón encontró fue una de las pieles crujientes y traslúcidas que Serpiente había mudado el verano anterior. Bengala no halló ni eso.

Penetraron en el estrecho espacio debajo del granero. Bengala giró a la derecha y bajó la pendiente hacia los montones de madera usada y alambre de púas. Ratón a menudo utilizaba el laberinto que formaban las tablas para viajar de su nido en el muro norte a la esquina sureste del sótano. Allí, afuera de la plataforma de piedra que sustentaba el granero, crecía una viña de uvas Concord. Éstas caían al suelo a finales de octubre: verdaderos tesoros para Ratón. Bengala sabía eso. Bengala sabía mucho más acerca de Ratón de lo que Ratón hubiera querido que supiera.

Pompón siguió de frente y se tumbó en el polvo seco que había en el corredor. Desde ahí podía ver hacia abajo, a través del área de almacenamiento adonde había ido Bengala, y a la izquierda alcanzaba a espiar por los estrechos huecos que quedaban, allí donde las vigas que sostenían el suelo casi tocaban la tierra.

Podía oír a Gallo que buscaba grano en las grietas entre las duelas del suelo bajo la cubeta de Caballo. Caballo no era muy aseado al comer.

Habían dejado salir a los caballos y a las ovejas aquel día, y cuando por fin Gallo se cansó y salió a buscar comida en el patio, el edificio se quedó en silencio.

Oyó el llamado de Cuervo, muy distante. Estaba más allá de los abedules. Más allá incluso del bosque de abetos. Estaba en el pantano, tratando de convocar a consejo a sus congéneres. Tal vez en sus viajes encontrarían hoy a

Búho. Si lo encontraban, todos los cuervos de kilómetros a la redonda vendrían a regañarlo y molestarlo hasta lograr que huyera a algún sitio más protegido.

La rodeaba un completo silencio. El polvo del suelo absorbía los sonidos reflejados. Cualquier crujido o roce de pies podía rastrearse hasta su lugar de origen con sólo mover un poco la oreja. Oyó a Bengala pasar el peso de su cuerpo de unas patas a otras para apartar una piedrita, y oyó a tres ratones que se escurrían bajo el almacén de granos. Ese suelo estaba demasiado próximo a la tierra para que los gatos pudieran deslizarse debajo. Ratón sabía eso.

Pompón los escuchaba de todos modos. Quién sabe... Tal vez uno de ellos saldría por aquel lado.

Luego oyó un sonido más fuerte: el roce seco de la paja. A su izquierda. Hacia el suelo del almacén de granos. Entrecerró los ojos y se tensó para saltar sobre cualquier cosa que apareciera bajo la viga.

Nada apareció.

Esperó, sin relajarse lo más mínimo. Pero nada se movió.

¡Algo había hecho ese ruido!

Pompón trepó despacio por la pendiente cubierta de polvo hacia el suelo del almacén de granos. Pasó agachada por debajo de una viga, tratando de seguir adelante, y se arrastró bajo la siguiente. Al avanzar la pata para dar el primer paso, algo la hizo mirar a su derecha.

El espacio entre las vigas formaba un túnel de sombras y tuvo que esforzarse para ver el muro de cimientos. Al fondo pudo distinguir la sombra más oscura de todas. ¡Gato! Estaba acurrucado en el nicho de paja que lo había confortado la primera noche, a su regreso de los bosques invernales.

Pompón se arrastró cautelosamente hasta él. Él no se movió. Ella olisqueó su cabeza con cuidado, tratando de adivinar qué era aquel olor a marta. No tenía experiencia ninguna con un olor como ése. No le gustó nada, nada. Habló con suavidad... *rrraurr*.

Gato se despertó y la miró con ojos febriles. No tenía energías suficientes para replicar.

Ella no lo comprendió. Frotó la cara contra la mandíbula de él, tratando de obtener otra respuesta. No hubo ninguna. La respiración de Gato era rasposa y tenía un sonido hueco. Ensayó cuanto sabía para conseguir que se moviera, hasta le mordió suavemente la oreja, varias veces.

Nada.

Pompón estaba desconcertada. Nunca antes había visto a un gato enfermo. No tan enfermo, por lo menos. Lo que no sabía es que cualquier animal que se encuentra en las condiciones en que estaba Gato, generalmente se arrastra hasta un escondite y encuentra un lugar secreto para morir. Solo.

Bengala había oído su voz. Abandonó su no muy entusiasta cacería y subió a la parte más estrecha de los cimientos.

No le gustaba aquel sitio. Le costaba trabajo maniobrar en los apretados espacios sin quedar envuelto en telarañas. No le gustaban nada las telarañas. A los gatos más pequeños no les importaban. Se la pasaban allí cazando ratones.

Se deslizó como pudo por debajo de la última viga y siguió por el estrecho túnel hasta llegar junto a Pompón. Los dos estudiaron a Gato durante unos minutos. Observaron el movimiento de su pecho al respirar, porque ese subir y bajar era el único indicio de que estaba vivo. Bengala captó el olor de las heridas que tenía el gran gato en el cuello. Habían empezado a supurar, y a pesar de lo grueso que era el cuello, se notaba que comenzaba a hincharse. Bengala olfateó el pie triturado. No emanaba el hedor pútrido de la infección, pero tenía gruesas costras de sangre seca y todo tipo de mugre y suciedad. Bengala se acomodó y empezó a lamer blandamente el pie. Poco a poco fue quitando pedacitos de costra humedecida con su lengua rasposa.

Pompón empezó por el otro lado.

Se concentró en la cara del gran gato. Su trabajo no era tan medicinal, sino más dirigido a transmitir consuelo y apoyo moral.

Las muchas atenciones que estaba recibiendo despertaron a Gato de su estupor y agradeció con dos sílabas instintivas: *urr-urr*.

Durante los días siguientes Pompón y Bengala acudieron a menudo bajo el granero. Gato se sentía consolado por sus cuidados y cada vez que se iban sentía con mayor fuerza la soledad. Su nivel de conciencia siguió más o menos igual. Reconocía los sonidos de su llegada, podía distinguir la diferencia entre los dos gatos, pero seguían recorriéndolo oleadas de calor y su visión se hacía borrosa a intervalos regulares, lo que oscurecía cualquier sensación de realidad que pudiera tener. Ya no sentía ningún dolor agudo, pero lo aquejaban hondos malestares que se le infiltraban en cada músculo y cada articulación.

Una tarde, Pompón le llevó una ofrenda. Un ratón. Lo colocó directamente frente a su nariz. En circunstancias normales Gato se lo habría zampado entero, pero ahora se hallaba más allá del hambre y no tenía ningún deseo de comida. Entreabrió los ojos cuando ella lo puso en el suelo, pero volvió a cerrarlos y a flotar hacia su sueño febril.

Día con día, el gran gato se debilitaba a ojos vistas. Ahora estaba de costado, incapaz de mover nada más que la punta de la cola.

Una mañana varios de los demás gatos siguieron a Pompón debajo del granero, curiosos por averiguar qué hacía ella allí todos los días. Se alinearon a los lados entre las dos vigas, tapando la poca luz que se filtraba por el muro de cimentación.

Gato se despertó unos instantes y los miró pero no pudo ver a sus amigos gatos, sino sólo sombras oscuras que lo rodeaban, amenazadoras.

Y se asustó.

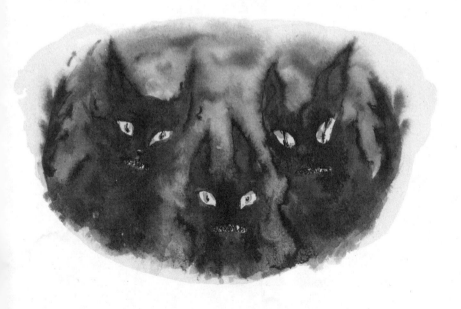

Pompón se pasaba casi todo su tiempo con el Gato moribundo. Recurría a los platos de comida para su mantenimiento, pero ella no se quedaba ni un momento descansando en el pajar ni acompañaba a Bengala en sus expediciones de caza. Pocas veces estaba en el granero a la hora de la comida y no recibía las caricias de Tracy. Pasaban los días. Pompón mantuvo su vigilia en lo profundo de los cimientos del granero, limpiando y cuidando a su Gato gigante y salvaje. ❖

Capítulo diez

❖ TRACY estaba empezando a perder la esperanza de volver a ver a Gato. Ya hacía dos semanas desde que lo había visto por última vez en el granero y ciertamente, si aquél era el hogar para él, ya debería de haber vuelto.

Cada vez que iba al granero a poner la comida miraba esperanzada en el interior del establo de las ovejas, luego subía al pajar y buscaba en los diversos escondites que sabía que les gustaban a los gatos. Cada vez que lo buscaba sin encontrarlo se ponía más triste, y con cada visita sucesiva sus esfuerzos se amenguaron. Había tenido tantas ganas de cumplir algunas de sus fantasías acerca de él, especialmente la más frecuente: la de verlo enroscado a los pies de su cama. Aquélla era su favorita. Su decepción se convertía a veces en enojo, y culpaba al gato por haberle dado esperanzas sólo para frustrarlas al final. Poco después de que una idea de ésas le entraba en la cabeza, Tracy se sentía un poco culpable, hasta egoísta.

Sí notó que la conducta de Pompón había cambiado. La gatita se comía unas pocas de las croquetas que Tracy le ofrecía y desaparecía rápidamente. Con frecuencia Tracy venía al granero y Pompón no estaba a la vista, ni siquiera de noche. Sabía que la gatita sólo una vez había pasado la noche fuera. Por lo menos creía saberlo.

Hacía mucho tiempo que Pompón no actuaba así, pensó Tracy. Mucho tiempo. No lo había hecho desde la última vez que tuvo...

—¡Gatitos, gatitos, gatitos! ¡Pompón va a tener gatitos! —gritó, y echó a correr del granero a la casa.

A mitad de camino, se paró en seco: Un momento. Pensó. ¡A Pompón la habían esterilizado!

¡Diablos! La emoción se le fue tan rápido que sintió mariposas en el estómago.

Tracy regresó al granero a pensar. Se sentó en las escaleras, rodeada de gatos, y cuando Bengala entró por la puerta del frente le preguntó:

—¡Bengala! ¿Dónde está Pompón?

El gato caminó hacia ella despacio, se frotó contra sus piernas y ronroneó con fuerza.

Esa noche Pompón no apareció a la hora de la comida. Ahora que Tracy había empezado a fijarse en los hábitos de la gata, le entró la preocupación de que Pompón tal vez estuviera yendo a cazar al bosque. Sabía que eso no podía continuar por mucho tiempo. Una vez que Búho o Marta se dieran cuenta de que un gato de granero andaba rondando su territorio, Pompón no duraría gran cosa. Tal vez ni siquiera hasta mañana. ¡Ese pensamiento le puso a Tracy la carne de gallina!

Esperó un rato sentada con los gatos en el escalón inferior de la escalera del pajar. Bengala se sentó en su regazo y los demás se amontonaron alrededor, encima y debajo de ella, cada uno buscando su propia pequeña relación con un puño, con la parte posterior de su abrigo o hasta con la punta de su bota.

Tracy se quedó allí sentada más de una hora, intranquila por Pompón y pensando en el gran gato negro que tan desesperadamente quería que fuera para ella. Pompón y Bengala estaban lo más cerca que un gato de granero podía estar de ser una verdadera mascota. Pero siempre había querido un gato que fuera sólo suyo. Un gato casero que ella pudiera abrazar. Un gato que la despertara con un tronante ronroneo. Uno que pensara que Tracy era todo su mundo, y que viviera en su cuarto.

Una noche del verano anterior había metido a Pompón en su cuarto sin que nadie se diera cuenta, sólo para probar. Todo lo que había imaginado estaba ahí: la tibieza, los amables roces y los confortantes ronroneos. Le costó un poco de trabajo dormirse pero no le importó. Fue maravilloso.

Durante la noche Tracy se despertó varias veces porque algún sonido leve invadía su sueño, pero se volvía a dormir rápidamente cuando la gatita saltaba a su cama y se acurrucaba contra su brazo.

Cuando despertó, ahí estaba Pompón, un montón de inocente tibieza gris dormida a sus pies. Tracy se sentó, se estiró para tomar a la gatita y miró a su osito de peluche sentado en el suelo al lado de la cama.

No estaba sentado.

Estaba tirado de espaldas, y un botón-ojo le colgaba sobre la mejilla, sostenido apenas por un hilo. Recorrió con la vista el resto del cuarto. La cortina estaba desgarrada. Sólo un poquito. Un calcetín había viajado de su zapato hasta la puerta y todos los lápices rodaban por el suelo.

El primer pensamiento de Tracy fue ordenar todo aquel desbarajuste y devolver a Pompón a escondidas al granero. Le dolía mucho lo del ojo del osito, pero tenía que apurarse a sacar a Pompón. La gatita contemplaba su obra, ronroneando su satisfacción por una noche bien disfrutada.

A Tracy no se le olvidó aquella noche. Su memoria tendía a opacar un tanto el desorden resultante y se concentraba en lo que más importaba: las caricias y los ronroneos.

Se preguntaba si un gato de granero podría alguna vez vivir en una casa. Si uno llegaba a hacerlo, tal vez un gato salvaje de los pantanos podía lograrlo también.

El sonido de una voz sacó a Tracy de su estado de ensoñación.

—¡Tracy...! Tracy, cariño... ¡La tarea!

¡Ajj! ¡Fuchi!

Dos días más tarde llegó el sábado. ¡Sábado, sábado, nada de escuela! Cuando fue a poner la comida, allí estaba Pompón; se comió el desayuno con el resto de los gatos. La niña notó que tenía telarañas en la cola y decidió descubrir en dónde pasaba el tiempo la gatita.

El granero estaba bien cerrado excepto por las puertas del frente. La gata tenía que salir por esas puertas. Con toda seguridad. Antes de que Pompón terminara su comida, Tracy salió del granero y se escondió en la parte posterior de uno de los camiones. Desde ese liugar podía ver cualquier cosa que saliera por las puertas.

Esperó y esperó.

Pompón había terminado de comer; ahora estaba sentada en lo alto de la escalera limpiándose las zarpas, y las orejas, y la cola, y a Bengala... Luego empezó con sus patas de nuevo.

Tracy se lamentó de no haber llevado un libro o algo. La monotonía de la espera se vio interrumpida por un halcón de alas anchas que pasó volando sobre el granero y se perdió en la distancia. Se preguntó cómo sería tener alas, pero entonces, si uno tenía alas, con probabilidad tendría que comer culebras y cosas así. ¡Fuchi!

Finalmente apareció Pompón y se quedó parada en la puerta. Miró a la derecha, luego miró a la izquierda y bajó graciosamente hasta el camino de grava.

Tracy se preparó para deslizarse al suelo, pero entonces la gata se sentó y se puso a asearse una pata.

La pata izquierda.

Luego se aseó también la derecha.

Dos veces.

La niña estaba a punto de abandonar su resolución, cuando la gata se levantó y caminó despacio, desesperantemente despacio, a lo largo del frente del granero, hacia la casa. En cuanto dio vuelta a la esquina desapareció de la vista; Tracy saltó del camión y corrió de puntillas hasta la pared del granero para asomarse por la esquina.

Una cola gris estaba desapareciendo por un hueco en el muro de cimentación. Corrió hasta allí y, a gatas, se asomó al estrecho espacio inferior donde la gata se había metido. En la luz difusa apenas pudo distinguir la forma de Pompón que trepaba por la pendiente de la izquierda, pasaba bajo una viga y se perdía de vista.

Diablos y contradiablos. ¡Tracy no tenía ganas de meterse en aquel sitio! Pero sabía que podía. Lo había hecho una vez, jugando escondidillas, y casi se había quedado atorada.

Estaba decidida a ver por qué Pompón iba allí, así que se retiró del agujero y fue a la casa a buscar una linterna eléctrica. Y un plátano.

Tracy le dijo a su padre lo que iba a hacer. Siempre lo hacía. Él insistía en conocer la ruta de cada una de sus aventuras y cuánto tiempo tardaría, de manera que si no volvía él pudiera seguir el mismo camino para estar seguro de encontrarla en algún punto.

—Muy bien, cariño, pero ten cuidado —le dijo—. Cuidado con la familia de las arañas gigantes.

—¡Ay, papá, deja eso!

—Está bien, está bien, pero cuidado.

Salió de la casa. Realmente no quería oír nada más sobre las arañas de un metro de largo, aunque supiera que no había tal cosa. Pero pensó en ellas en el camino al granero. ¡Ay! ¡Fuchi! ¡Fuchi!

Tracy penetró en el estrecho sótano a cuatro patas y se dirigió al sitio por donde Pompón se había escurrido bajo la viga. Podía ver que le sería difícil pasar por ahí, así que se movió hacia la izquierda, donde el terreno descendía un poco hacia la pared sur. Allí había algo más de altura. Pasó bajo la viga, se dirigió a la derecha y luego se deslizó bajo la viga siguiente. El terreno se iba elevando conforme avanzaba, y tuvo que empujar la linterna delante de ella porque apenas cabía. Fingió que estaba explorando una cueva aún desconocida, buscando un tesoro pirata. ¿Dónde estaba Pompón?

Hacia la mitad del granero el terreno se emparejaba. Las vigas a cada lado de ella habían sido cortadas con hacha, a partir de gruesos troncos, y llegaban casi hasta el polvo del suelo. Tracy se arrastraba ahora sobre la panza, jalando con los antebrazos y los codos y empujando fuerte con la punta de las botas. Cuando se dio cuenta de que había llegado a terreno parejo, puso la linterna sobre el suelo y la encendió.

El túnel de madera se inundó de luz.

Allí, sentada en un montón de paja a no más de tres metros frente a ella estaba Pompón.

—¡Pompón! ¡Gatita tonta! ¿Qué estás haciendo aquí? —el resplandor de la linterna hizo que la gata volviera la cara.

Al principio Tracy pensó que Pompón venía aquí para estar sola y tranquila.

Luego, sobre el borde de la paja vio una línea negra y peluda que iba casi de viga a viga. Al principio se asustó. Su corazón dio un salto y su pecho se llenó de mariposas. ¡Pensó en las arañas negras y peludas, de un metro de largo!

Raurrr... La voz de Pompón tenía tono de bienvenida. Tracy alargó la mano y la gata empezó a ronronear y frotó su mejilla contra las puntas del guante.

La niña avanzó otro poco, el corazón le latía fuerte a la vista de la piel negra. Empujó la linterna sobre la paja.

—¡Gato! ¡Ay, Pompón... es Gato! ¡Ay Pompón, Pompón, Pompón!

La gata gris se dio vuelta y miró la enorme figura negra echada sobre la paja.

Tracy se quitó el guante, puso la mano sobre Gato y la retiró rápidamente. ¡No había más que piel y huesos! Al principio le repugnó esa sensación tan poco parecida a la de un gato... ¡casi como si estuviera muerto! Luego el rayo de luz iluminó un movimiento del pelo y pudo ver que el animal todavía respiraba. Olía muy mal, pero no le importó. Estaba vivo y era suyo.

Lo primero que pensó la niña fue en llamar a su papá, pero sabía que él no podía entrar allí, bajo el suelo.

Qué hacer, qué hacer. Ojalá hubiera lugar por lo menos para darse la vuelta.

Pensó en jalar a Gato por una pierna. Pero decidió que podía hacerle daño. Jalar... jalar, ¡claro, jalar! Dejó la luz donde estaba y reptó hacia atrás tan rápido como pudo. Allí donde el terreno bajaba y podía incorporarse un poco, se quitó el abrigo y volvió a entrar por el túnel hasta el sitio en que yacía el gato enfermo.

Tracy extendió su abrigo en el suelo lo más liso que pudo, luego se acostó de lado y agarró a Gato. Éste tosió fuertemente cuando ella lo tomó por las patas de atrás y casi la mata del susto. Pero no lo soltó.

Con toda la suavidad posible, Tracy jaló al gato sobre su abrigo hasta que quedó completamente encima de la prenda. Pompón se subió también pero Tracy la ahuyentó. ¡Arrastrar a un gato ya era más que suficiente!

El gran gato alcanzó a notar las luces, una voz y la presión sobre sus patas, pero estaba demasiado ido, demasiado lejos, para que le importara.

Tracy fue retrocediendo laboriosamente poco a poco; luego jaló del extremo de su chamarra tanto como pudo, para arrastrar a Gato hacia la luz, tal vez incluso hacia la vida. Sabía que su estado era desesperado. Jaló y sudó y deseó en voz alta: —¡Que no se muera... que no se muera... que no se muera!

Lo arrastró hasta donde ella casi podía ponerse de pie, miró a Pompón, sentada junto al maltrecho cuerpo de Gato... y se alejó corriendo del granero.

—¡Papá, papá! ¡Papá, ven rápido, papá! ❖

Capítulo once

❖ GATO APENAS se dio cuenta de algo de lo que le ocurrió durante los dos días siguientes. De vez en cuando recuperaba la conciencia cuando lo movían a él o a alguna parte suya. Generalmente no abría los ojos, y cuando lo hacía, sólo se filtraban por ellos sombras vagas y grisáceas.

Al tercer día le retiraron el tubo que tenía conectado a una vena de la pata y le administraron inyecciones de electrolitos bajo la piel, para ayudarle a recuperarse de la deshidratación. Amaneció el quinto día. Gato abrió los ojos y por primera vez pudo enfocar claramente. Todavía estaba demasiado débil para cambiar de postura, pero podía ver.

Barrotes.

Nunca había visto tales cosas antes, ni había estado nunca en una caja pequeña de acero inoxidable. En cierta forma era como volver a nacer, porque nada de lo que veía le era conocido. No tenía relación con los periódicos que tenía debajo y nunca había visto una pared completamente blanca y vacía. Los olores eran extraños y los sonidos que le llegaban no le aportaban ningún indicio.

Gato durmió y durmió todo aquel día. En cierto momento notó su pie vendado. Ya no dolía, pero se veía raro y Gato trató de moverlo para mirarlo de cerca. No pudo. Bueno, lo movió, pero no pudo levantarlo hasta su cara. Un ancho disco de plástico rodeaba su cuello de modo que no podía alcanzar ninguna parte de su cuerpo para hurgar con los dientes. Eso no le gustó nada. Y le disgustaban los barrotes.

Un poco más tarde Gato despertó y oyó voces cercanas. Esta vez pudo incorporarse sobre un codo y aplastó la mejilla con fuerza contra los barrotes de la puerta de la jaula. A la derecha había un muro cubierto de jaulas como la suya. Su corazón saltó. ¡En cada una había un gato! Bueno, no en todas. ¡En la fila de abajo, en una caja junto al muro estaba sentado un castorcito, mascando con gusto una ramita de sauce.

Gatos grandes, gatos pequeños, de todos los colores. Algunos estaban echados, algunos muy enfermos, pero unos pocos se asomaban esperanzados entre sus barrotes, a la expectativa de que alguien conocido entrara por la puerta.

Gato todavía estaba débil, pero en su emoción llamó: ¡*RAAjauurrrrrr*!

Los demás gatos se quedaron helados. Aterrados. Uno se encogió contra la parte de atrás de su jaula. Detrás de sus barrotes, una esponjosa gatita blanca movió la cabeza de lado a lado, con los ojos muy abiertos, tratando de ver qué había producido aquel estruendo aterrador.

Castor no prestó atención alguna. Continuó mordisqueando.

Gato esperó respuesta. Cualquier cosa. Pero no se oía más que el satisfecho roer de los dientes del castor.

Para Gato la presencia del castor era un enigma. No había agua. No había pantano ni presa. No crecían helechos junto al ribete de blancos azulejos. No había luz de sol, ni sombras danzantes, ni el dulce aroma de la madera de abeto o de pino. No hacía viento.

Y los cuervos... El gran gato nunca había sido trasladado tan lejos que no pudiera escuchar la animada voz de Cuervo, incluso en el granero. Un castor en una caja brillante: un enigma para Gato y probablemente mayor aún para el propio Castor.

La voz de Gato había llegado a todos los oídos en todas las habitaciones del edificio.

Las oficinas estaban en pleno movimiento a esas horas de la tarde. La sala de espera estaba llena de animalitos acompañados de sus humanos, todos los cuales aguzaron la mirada cuando oyeron aquel rugido fragoroso. La veterinaria lo oyó también. Llevaba un rato exasperantemente largo escuchando a una mujer tonta que le daba detalles sobre la fiesta de cumpleaños de su perrito de lanas, y ahora estaba limpiando con paciencia las garrapatas de la oreja maloliente de un anciano perro salchicha. Todo el tiempo había estado pensando cuánto mejor sería encontrarse junto a un estanque con un castorcito.

Cuando la voz de Gato ahuyentó sus pensamientos, la veterinaria le entregó a su asistente el estropajo que le servía para limpiar la oreja del perro y salió de la habitación. Al pasar por la sala de espera vio interrogación en los ojos de todos los que se encontraban allí...

—Es un gato. Sólo un gato —dijo—. ¡Muy grande! —Y mostró con las manos separadas el tamaño de Gato. Todos intercambiaron miradas cuando ella se perdió de vista. Pensaron que bromeaba.

—¡Eh, Castor! —dijo, mientras entraba apresuradamente en el cuarto de las jaulas—. ¡Hola gatos, gatos, gatos!

Se acercó un poco más despacio a la jaula que contenía a Gato.

—Hola, gatote. ¿Cómo estás esta tarde? Hola, gato. ¡Caray, de veras eres grande!

Gato todavía estaba erguido sobre los codos. Si hubiera tenido fuerzas se habría levantado para retirarse al rincón más lejano de la caja de metal. Por muy acostumbrado que estuviera a Tracy, Gato todavía sentía una enorme desconfianza por cualquier cosa que caminara en dos patas. La veterinaria se acercó lo suficiente para poner el dorso de la mano contra los barrotes, a sólo unas pulgadas de la cara del gato. Él se puso tan tenso como podía ponerse su cuerpo debilitado, y desde lo profundo de su pecho lanzó un gruñido ronco y largo.

—Ven, gatito, ya, ya, sé un buen gatito.

Corrió cuidadosamente el cerrojo de la puerta y la entreabrió apenas como para deslizar la mano en el interior de la jaula. La sostuvo frente a él y un poco más abajo que su cabeza. Gato se inclinó hacia adelante unos centímetros y olfateó en la dirección de la mano ofrecida. De nuevo, repitió su ominoso gruñido.

—¡Gato, eres intratable! —con esto sacó la mano y corrió el cerrojo—. Me suena como que ya estás lo bastante fuerte para irte a casa.

Unos minutos después la veterinaria regresó con un platito que contenía una sustancia grumosa y blanda y la colocó con cuidado en el interior de la jaula. Para Gato, se veía como una sustancia grumosa y blanducha, pero olía de una manera interesante. Esperó a que ella saliera de la habitación antes de probar con la punta de la lengua aquella papilla. ¡Sabía mejor que interesante! La primera comida sólida que le entraba por la boca en varias semanas. Desapareció con asombrosa rapidez.

Rico. Mucho mejor que las croquetas secas. Tal vez no tan rico como Urogallo, pero rico.

Aunque no tenía idea de dónde estaba ni de cómo había llegado allí, una mano amable le había ofrecido comida, y no se sentía amenazado. Gato durmió bien esa noche, y soñó con paja, borreguitos ensortijados y tibios, y una niña.

Oyó su voz cuando ella susurró:

—¡Oh!, Gato. Te quiero, Gato. Gato gatito, te vamos a llevar a casa ahora, Gato.

Abrió los ojos despacio y Tracy todavía estaba frente a él, como una prolongación de su sueño.

—A casa, Gato, vamos a casa —repitió.

Cuando alzó la vista y vio al Papá, la veterinaria y dos asistentes que lo contemplaban, se puso tenso y de nuevo el gruñido ronco surgió de sus profundidades. Demasiados ojos. Demasiados ojos.

Tracy se volvió hacia el grupo y dijo:

—Por favor, déjenme hacerlo yo. Puedo hacerlo. De veras puedo. Tú sabes que puedo, Papá.

Él asintió.

—Supongo que tienes razón, cariño, inténtalo. Pero ten cuidado —tras lo cual, él y los demás salieron de la habitación.

Tracy y su padre habían traído con ellos un gran canasto de viaje para perros, en el que llevarían a casa al gran gato. No cabía en los empaques de cartón que la veterinaria tenía para los gatos normales. Tracy la levantó con algo de esfuerzo y la puso en el suelo, frente a la jaula de Gato.

—¡Oh!, Gato. Eres mi hermoso gato salvaje —abrió lentamente la puerta de la jaula y deslizó dentro su brazo—. Estás tan flaco, Gato. Ahora comerás más. Yo te daré leche y carne y vitaminas en cantidad y brillarás de nuevo, como antes brillabas. —Sonrió—. Ves, querido Gato, me has convertido en poeta.

Gato se sintió tranquilizado por la voz conocida, y bajó los párpados mientras los suaves dedos de ella le palpaban los costados. Cuando volvió a abrirlos, ella estaba a medias dentro de la jaula, acariciando con las dos manos extendidas sus costados, sus piernas y otra vez, sus orejas y su cuello:

—¡Oh!, Gato, ahora eres realmente mío, yo lo sé.

El gigantesco gato empezó a ronronear, suavemente al principio, después el volumen aumentó hasta que las paredes de metal que lo rodeaban retumbaron, proyectando su placer por toda la habitación. La gatita blanca observó todo con atención, y luego empezó a ronronear con su voz de bebé.

Tracy apoyó las rodillas en el suelo y sacó a Gato cariñosamente por la puerta. No paró de ronronear mientras ella se esforzaba por acomodarlo confortablemente en la cesta que habían traído. El abrigo que ella usaba en invierno para ir al granero le servía de colchón, y él podía oler allí a Pompón y a Bengala, y también a cáscara de plátano. ❖

Capítulo doce

❖ DURANTE las siguientes semanas Tracy pudo pasar mucho tiempo cuidando de Gato. Las vacaciones de primavera empezaron sólo tres días después de su regreso al granero, de manera que pocos ratos estuvo lejos de él.

Al principio lo tuvo en una gran jaula aireada, hecha de alambre. La puso en el pajar y cubrió su fondo de paja, para que Gato disfrutara de un nido profundo, similar a los que los demás gatos se hacían para ellos. En realidad un poco parecido a un nido de gallina.

Su razonamiento para usar la jaula (aparte de los consejos de su padre) era que mantendría a los otros animales apartados hasta que Gato estuviera lo bastante fuerte para soportar sus atenciones, y también le impediría lastimarse de cualquier manera.

A Gato no le molestaba.

No le molestaba la tibia mezcla de leche y comida enlatada para gatos que Tracy le traía cuatro veces al día. No le molestaba el tacto tranquilizador de su mano cuando le masajeaba los largos músculos que recorrían su espalda y ciertamente no le molestaba el sonido de su voz cuando se tumbaba junto a su jaula, hablando de lo mucho que se iban a divertir cuando él pudiera salir y compartir aventuras de todo tipo. No le molestaba. La niña pronto se convirtió en todo su mundo. Una vez despierto en la madrugada, sus ojos no se apartaban del espacio entre las dos puertas del granero hasta que ella aparecía.

Tracy tenía toda suerte de imaginativas visiones en relación con Gato. Visiones muy aventureras. Pero en lo que más le gustaba pensar era en el tiempo que pasarían juntos en los bosques cuando él se pusiera bien. Siempre se había sentido un poco nerviosa cuando iba al bosque sola. Pero ahora, con un gigante como Gato a su lado, sus horizontes no conocerían límites. Gato crecía y crecía en su mente a veces hasta el punto de que podía verse cabalgándolo, buscando en el bosque a un gran jabalí sin más arma en las manos que un lazo de color rosa. Juntos correteaban por las desiertas llanuras árticas en una misión que tenía por objetivo embotellar auroras boreales. Se convertirían en héroes. ¡Nadie tendría nunca más que ocuparse en cambiar un foco!

Gato se fortaleció muy rápido. En cuanto empezó a engordar un poco, guardaron la jaula y pudo moverse por el granero a voluntad. Su cuerpo empezó a recobrar el tono, y aunque le faltaban algunos dedos no parecía muy incapacitado por esa pérdida. Una vez que Tracy volvió a la escuela, él se pasaba muchas horas moviéndose por todo el granero, haciendo ejercicio, adquiriendo músculos y aprendiendo los matices de la técnica necesaria para trepar con sólo trece dedos.

Tracy pasaba con Gato todo el tiempo que las tareas le dejaban libre. Los fines de semana salían del granero con Bengala y Pompón e iban de paseo. La

esponjosa gata gris nunca iba muy lejos, pero Bengala sí. A veces él hacía de guía y los conducía a través de los bosques de abedules hasta la gran roca musgosa donde Pompón y Gato se habían conocido.

La primera vez que fueron allí Gato investigó el tronco hueco. Se metió en él por un momento, se dio vuelta y se acostó a la entrada. Tracy y Bengala se sentaron juntos en un grueso lecho de líquenes a unos metros de él.

Una suave brisa balanceó frente a los ojos de Gato la hebra suelta de una telaraña hacía tiempo abandonada. Él la miró con expresión distante. La miró sin prestarle atención. Sus ojos estaban fijos en ella, pero su mente se llenaba del olor del tronco podrido y de un recuerdo de nieve profunda y panza llena de liebre blanca.

Algunas noches, después de que Tracy salía del granero, Gato se acostaba en el pajar escuchando cantar a las ranas. Recordaba ese canto del pasado. Su memoria flotaba entonces hacia Rana, hacia sombras frías y húmedas bajo un bosque de helechos, luego hacia la presa de los castores y hacia los peces, las crías de carpa brillantes bajo el sol.

Tracy tenía la esperanza de que el gran gato sería como Pompón y Bengala: que ella sería todo su mundo. Los dos gatos de granero parecían existir sólo para ella y pasaban sus días en el limbo, esperando a que apareciera con la comida, con caricias y palabras amables. Su atención estaba centrada sólo en ella siempre que estaba presente.

Por su parte, Gato, por muy receptivo que se mostrara a sus atenciones, a veces tenía un aspecto distraído. Lo comparaba con el que ella misma tenía cuando venían visitas que hablaban de cosas que no le interesaban mucho.

Solía escuchar, ser cortés, pero su mente estaba en el granero o en alguna parte del bosque.

Eso era. Tal vez Gato estaba siendo cortés...

Quería a la niña, disfrutaba la compañía de los demás gatos y las comodidades que le ofrecía el pajar; pero cuando oía la charla de Cuervo en los lejanos pinos o el llamado distante de Somormujo, algo dentro de Gato se inquietaba. No tenía forma lógica de comparar pensamientos, ningún dato o hecho rondaba por su mente: era sólo una sensación.

Los días en que salían de paseo eran los mejores momentos para Gato. Se sentía más limpio, de algún modo más libre. El aire era transparente y fresco, y las telas que tejía Araña brillaban en la luz temprana de la mañana. Las del granero estaban grises de polvo, y se hallaban en lugares oscuros y mohosos adonde no llegaba el sol.

Tracy se dio cuenta de que el gran gato parecía más animado cuando iban de paseo. Sus ojos dorados no se quedaban quietos ni un instante. Nunca dejaba de percibir el movimiento de una hoja o la sombra fugaz de un pájaro que volaba encima de ellos, y sus orejas estaban constantemente alertas al menor ruido.

Hacia mediados de junio fueron caminando hacia el campo, del otro lado del camino, para ver si se habían formado ya capullos en las matas de arándano. El padre de Tracy había echado cal en la tierra años antes, tratando de endulzarla para cultivar heno, pero no funcionó muy bien. Aquí y allá, los arándanos, amantes de la tierra ácida, se aferraban a la vida en manchones cada vez más grandes. Eran los favoritos de Tracy.

Ella y Gato investigaron unas planchas de granito que sobresalían del suelo y encontraron suficientes capullos para garantizar que para principios de agosto habría un festín de tartas de zarzamora, y también pasteles.

Caminaron hacia el estanque que se formaba en una hondonada hacia el centro del campo fuera de la vista desde el camino. Era uno de los lugares preferidos de Tracy. Había una gran roca a la orilla del estanque y ella solía trepar y sentarse en la cúspide. Desde allí tenía una buena vista del campo y podía ver a las garzas recorriendo las orillas en busca de ranas, y a veces venados y puestas de sol. Las pescadoras acuáticas eran lo único que se movía. Y las puntas de la hierba. Y Gato.

Cuando la niña se trepó a la roca, él fue a beber a la orilla del agua. ¡Con el rabillo del ojo vio un movimiento! Ligerísimo.

Tracy lo veía con claridad un poco a la izquierda de su roca. Estaba medio agazapado, la cabeza un poco vuelta a la derecha y no se le movía ni un pelo. Por un momento lo observó, fascinada. Nunca antes lo había visto cazar.

Sin aviso de ninguna clase Gato saltó bajo la roca, fuera de su vista. Se movió tan rápido que la asustó un poco, porque disparó todo su cuerpo a la velocidad con que la mayoría de los gatos dan sólo un zarpazo.

Se acostó sobre la panza y se asomó despacio sobre el borde de la roca, y abajo estaba Gato disfrutando de un festín de rana.

—¡Fuchi y doble fuchi! —dijo.

Cuando terminó de comer Gato saltó sobre la roca, se lamió escrupulosamente las gotas de agua que tenía sobre la piel y se limpió las patas. Tracy no podía saberlo, pero durante muchas noches Gato había complementado su ración de comida de granero con postre de rana.

Tracy esperó a que terminara de asearse y luego descendió de la roca y se encaminó a través del alto pastizal, colina arriba, hacia la casa. Cuando faltaba la mitad de la distancia que los separaba del camino, se volvió. Gato no estaba. Siguió con la vista la senda que había recorrido hasta la roca, y vio que todavía estaba sentado allí, mirando al otro lado del estanque.

—¡Eh, Gato! ¡Aquí gatito, gatito, gatito!

Al principio él no se movió. Sólo siguió mirando hacia el otro lado del estanque y más allá, hacia los bosques de pinos.

—¡Aquí, gatito, gatito...! ¡Eh, Gato, ven acá!

De mala gana Gato bajó de la roca y vino trotando a través del túnel de hierba hasta la niña que lo esperaba.

Esa noche no probó su comida.

Desde que recobró la salud Gato se había visto reducido a comer las mismas viejas croquetas secas que comían todos los demás gatos. A veces Tracy se robaba algunas sobras de carne de la cena y las llevaba al granero como regalo. Él esperaba esas ocasiones con ansia. Lo que la niña no sabía era que ahora Gato hacía constantes expediciones de caza. A veces a los bosques, a veces al estanque; siempre de noche, cuando todos en el granero estaban dormidos, dejaba atrás a esas almas más domésticas y se iba. Vagabundeaba libre y suelto, vigilando su territorio en busca de alguna presa, porque para eso había nacido. Lentamente el hijo gigantesco de Tuerta estaba volviendo a formar parte de los bosques.

El padre de Tracy vio venir lo que ocurriría. Aunque él no tenía ninguna relación personal con Gato, podía ver desde lejos cómo empezaba a cambiar la actitud del animal.

—Cariño —le dijo su padre una noche, tratando con todas sus fuerzas de explicarle lo que pasaba con Gato sin romperle el corazón—. Cariño, ese gran gato no es en realidad como el resto, ¿sabes? Uno lo sabe sólo con verlo, ¿no es cierto? Pero es algo más que su sola apariencia. Puede que te quiera mucho. En verdad, estoy seguro de que te quiere.

Tracy pensó que no le iba a gustar lo que él le iba a decir y en su garganta empezó a formarse un nudo.

Él continuó:

—Sabes, probablemente tú eres la única persona a la que alguna vez le haya tenido cariño, y eso es algo especial que recordarás durante el resto de tu vida. ¿Has visto cómo ve cuando están ustedes en los bosques...? ¿Como si mirara a lo lejos, como si tuviera la cabeza en otra cosa? Bueno, pues la tiene, cariño, la tiene.

Aquí viene, pensó ella, aquí viene.

—Él es especial, cariño. En su gran corazón él es especial, y ese corazón es tan salvaje como el que bombea la vida en un gato montés o en un lince.

"Ahora bien, tú también eres muy especial. Hay algo diferente en ti. Algo que permite a los animales confiar. No sé qué es, pero siempre lo has tenido. Bueno, debido a eso yo sé que los entiendes más que la mayoría de nosotros, y aunque no quieres admitirlo, sabes lo que es mejor para ellos. Mejor para Gato."

Ella sabía. Muchas veces en las últimas semanas había visto la mirada distante de aquellos ojos dorados. Podía imaginarse muy bien a Gato avanzando a través de la nieve profunda en persecución de Liebre, o rondando el borde del pantano, en busca de Rana. Lo imaginaba durmiendo en un tronco hueco durante un soleado día de agosto. Las sombras de los helechos le daban frescura y una alfombra de madera podrida y musgo le servía de colchón.

—¡Oh!, Papá... Lo sé —susurró. Después de un largo silencio, con voz que él apenas pudo oír, dijo—: Pero, Papá, lo... lo quiero tanto.

—Ya lo sé, cariño. Ya lo sé —él la rodeó con sus brazos y murmuró—: Ya lo sé.

Cuando Tracy llegó al granero a la mañana siguiente, el gato gigante se había marchado. ❖

Epílogo

❖ EL VERANO transcurrió demasiado rápido para el gusto de Tracy. El tiempo de los arándanos vino y se fue, hubo unos pocos viajes a la playa, algo de pesca con su papá en el Estanque de los Patos y, finalmente, a fines de agosto, pasaron una noche en la feria de la unión de granjeros. Ella comió muchos algodones de azúcar y él demasiados sándwiches de pepino y salchicha. ¡A los dos les dolía la panza al día siguiente!

La única solución, desde luego, era un rápido paseo en barca por el arroyo, hasta el Estanque de los Patos. ¡Claro, claro!, con las cañas de pescar. Tracy nunca se acercaba a aguas tan propicias sin una caña de pescar en la mano.

Una vez que entraron en el estanque, remaron hacia el Este, hacia la salida del Arroyo de los Castores. Allí el agua era poco profunda y había manchones de lirio acuático. De vez en cuando alcanzaban a ver un gran robalo escondido en las sombras bajo los nenúfares, esperando a que alquien más pequeño nadara desde la boca del arroyo.

—Papá, ¿no podríamos subir a ver la presa?

—Claro, cariño. Por qué no.

Su padre era el que remaba aquí. Avanzó lentamente, porque a Tracy le gustaba mirar el fondo poco profundo del agua. Algunas veces veía peces, otras veces tortugas que agitaban frenéticamente sus patitas intentando quitarse de la vista.

El arroyo era muy estrecho y todos los transeúntes tenían que nadar bajo la canoa para escapar. ¡Era como un acuario!

La hierba se inclinaba a los dos lados de la canoa que se deslizaba silenciosamente contra la lenta corriente, y el listón de agua se iba estrechando hasta que parecía que avanzaban por un túnel de hierba.

S-s-s-t... S-s-s-s-s-st.

Tracy apenas oyó el siseo de su padre. Se volvió lentamente a mirarlo. Él señaló delante de la canoa con el remo y se llevó un dedo a los labios.

Ella asintió y tan despacio como pudo giró de nuevo para mirar al frente.

Acababan de dejar atrás el último recodo antes de la presa de los castores...

¡Gato!

A unos quince metros de distancia, la gran figura negra se deslizaba poco a poco sobre el borde de la presa.

Le costó un enorme esfuerzo quedarse callada.

Gato llegó al centro, donde el agua se derramaba sobre el dique y fluía hacia el arroyo. Se acostó para contemplar a las crías de carpa que pasaban como ráfagas bajo el agua y ver trabajar a Castor o tal vez para contemplar la puesta de sol.

"¡Oh!, Gato", susurró Tracy para sí. "¡Oh!, Gato. Tú realmente eres mi Gato, sabes." ❖

Índice

Prólogo. 7
Capítulo 1 10
Capítulo 2 21
Capítulo 3 39
Capítulo 4 53
Capítulo 5 64
Capítulo 6 75
Capítulo 7 98
Capítulo 8 107
Capítulo 9 113
Capítulo 10. 121
Capítulo 11. 130
Capítulo 12. 137
Epílogo. 147

Gato salvaje de Peter Parnall, núm. 54 de la colección
A la orilla del viento, se terminó de imprimir en los talleres
de Impresora y Encuadernadora Progreso, S.A. de C.V. (IEPSA),
Calzada San Lorenzo núm. 244; 09830, México, D. F.
durante el mes de julio de 2002.
Tiraje: 5000 ejemplares.